Irène Speiser · Stimmung für Violoncello solo

STIMMUNG FÜR VIOLONCELLO SOLO

Irène Speiser

BUCHER

INHALT

Seit drei Wochen spiele ich Cello. Nicht nach reiflicher Überlegung, wie es bei solch zeitaufwendiger Tätigkeit doch der Fall sein sollte, keineswegs – überstürzt, der Entschluss mit wuchtiger Plötzlichkeit gefasst, quasi über Nacht. In den ersten Tagen des Aprils wusste ich: Ich möchte, nein, ich muss das Violoncello-Spiel erlernen.

Keine Frage. So ist es.

Ich werde mir die Zeit abzwacken und dieses wundersame Instrument zum Klingen bringen. Täglich üben, auf Gedeih und Verderb erfahren, was es mit seinen vier Saiten auf sich hat.

Ein Bestreben, von dem ich, sei nebenbei vermerkt, früher träumte und doch nie anging. Stets schien mir, es fehle an Zeit. Schule und Studium, dann Frauen und Arbeit, das ist gegeben. Eine Passion lässt sich freilich unter allen Umständen betreiben, und ich gestehe, die schwarzweisse Tastatur, eine eifersüchtige Diva, hielt mich zeitweilig gleichfalls in ihren Fängen.

Und: Wenn Maddie zu Jahresbeginn nicht aus der Wohnung gezogen wäre, so wäre auch heute das Cello kein Thema. Der Schlusspunkt der siebzehn gemeinsamen Jahre wurde zu meinem musikalischen Auftakt.

Zehn Tage bloss, und ich fand eine Lehrerin. Einer der Zufälle im Leben, bedeutungslos an sich, und doch massgebend.

Céline lautet ihr Name – klingt er nicht hinreissend, ein glänzender Einfall von maman und papa: Bereits hört man die Saiten schwingen, zart und kernig zugleich, der perfekte Einstieg ins Cellospiel.

(Weshalb eigentlich haben sich meine eigenen Eltern nichts Aufregenderes einfallen lassen als Gilles, diesen farblosen Einsilber? Jeder kann so heissen, kein spezielles Talent birgt er, keine hervorstechende Eigenschaft. Hundsgewöhnlich, so kam ich zur Welt. Wenigstens mit Bastien versehen. Eine Prise Würze verleiht dieser Zusatz.)

Céline dagegen hatte Glück, eine Zukunft wurde ihr in die Wiege gelegt.

Ein paar Klicks führen mich zu ihr, *superprof.fr* ins elektronische Suchfenster eingeben, *violoncelle, Paris VI*, dann genau sieben Vorschläge: Vier Frauen, drei Männer, drei stecken noch im Studium, die anderen bereits ganz im Berufsleben verfangen. Alle bieten sie an, zum Schüler nach Hause zu kommen.

Céline unterrichtet am Conservatoire des XVième, studiert hat sie am Pariser Konservatorium, erzählt sie.

Sie kommt aus Rennes, war bis unlängst Zuzügerin beim Orchestre de Bretagne. Ich bin ihr dritter erwachsener Schüler.

Das Instrument miete ich bei M. Faisson. Er spezialisiert sich in der Vermietung von Celli. Vorwiegend an Kinder, Viertel-Celli und halbe Celli. Sogar Sechzehntel-Celli bietet er an!

Drei Instrumente stellt man mir bereit. Mir, einem blutigen Anfänger, der bis zu dem Augenblick noch nie ein Cello in der Hand hielt!

Zu meinem Erstaunen, kaum ein Kratzen. Ein Anfang ist immer einfach. Die Schwierigkeiten schleichen sich später erst ein, jegliche Auflagen zeitverzögert gehalten.

Jedes Instrument bekommt seine Spanne.

Ich zaudere nicht. Wähle mein Cello hauptsächlich der leichten Flammung wegen. Diese rotbräunliche Eleganz! Aus dem Limousin, höre ich. Kürzlich gebaut erst.

Und es hält sich gut im Arm. Der dunkelblau beschürzte Geigenbauer besteht darauf, dass ich den Bogen in die Hand nehme und streiche, minutenlang. Versuchsweise alle vier Saiten.

Mittlerweile, seit meinem Entschluss sind es ein paar Wochen her, bereits verblühen die ersten Forsythien, und ich hebe täglich die prächtige Holzkonstruktion zwischen die Beine, packe mit meinen Fingern den Stab langgezogener Pferdehaare … Mittlerweile verlockt es mich, ab und zu ein paar Sätze festzuhalten. Nicht rigide, nach der Vorgabe eines eingestellten Metronoms, einfach, wenn es passend scheint, wenn mir der Sinn nach einer elektronischen Tastatur steht.

Mir, Gilles Bastien, soll es ein kontinuierliches Begleiten werden.

Für den Unterricht haben wir den Donnerstagfrüh um neun vereinbart. Morgens hat Céline jeweils Zeit, und ich komme ein bisschen später ins Geschäft. Bleibe dafür am Mittwoch oder Donnerstag länger. Die Aufträge leiden nicht. Dringliche Aufgaben übernehmen Mathieu und Jean-Michel. So sprechen wir es ab.

Die erste Unterrichtsstunde: ein grossartiger Einstieg. Die Fragen häufen sich, die Antworten ebenso, ich tauche geradewegs ein in die Materie. Céline legt Begeisterung an den Tag, und eine riesige Menge Geduld. Ich habe die richtige Wahl getroffen.

Mit ihrem blonden, unordentlich hochgesteckten Haar, den weiten blousons, welche sie immer trägt, spricht sie mir Mut zu, weiss stets, meine Arbeitswoche mit Zuversicht und Elan zu versehen.

Täglich wiederhole ich Tonfolgen, manchmal kratzt es nun doch, oder der Bogen rutscht unversehens ab, oder es mischen sich ungewollt fremde Töne bei. Nicht eben einfach. Melodien bilden sich aber, mit einem Anfang und einem Ende. Ich übe beflissen.

Trotz des Vergnügens trifft es mich! Eine unerwartete Erkenntnis: Das Klavier, das ich früher einmal doch recht gut beherrschte, kommt mir in die Quere. Kein geringes Ärgernis.

Sollte das Lernen nicht einfacher sein, wenn man sich einen Instrumenten-Führerschein bereits einmal erarbeitet hat?

Die erste Irritation ist unerheblich, gestehe ich – dass beim Cello das Klangregister spiegelverkehrt liegt, die tiefen Töne rechts und die hohen links, ist auch nicht schwieriger als von einem Renault zu einem Fiat zu wechseln.

Dann aber wird es ernst: Der Daumen fällt von seinem pianistischen Podest, und dem Zeigefinger gebührt neu die Ehre, die Nummer eins unter den Fingern zu sein. Dies wiederum zieht selbstredend ein neues Nummerieren der drei weiteren Finger mit sich und beschert damit meinem Kopf ein kleines Chaos.

Doch nicht genug – das kleine Chaos gebiert ein grösseres Chaos, als ich sehe, der Bassschlüssel hat sich den Logenplatz auf den Cellomusikalien erobert.

Mein reges Klavierspiel von einst zieht mich in einen Schlamassel: Mein Hirn, merke ich verzagt, hat die

Köpfe auf dem Papier als Produkte des Violinschlüssels gespeichert, und diese treiben jetzt auf Teufel komm raus ein Spiel mit mir: *Qui va à la chasse, perd sa place.*

Jeder einzelne Teilnehmer der Tonleiter ergattert sich einen neuen Platz. Sei's drum. Aus dem oberen *c* wird ein *a*, aus dem *g* ein *d*, allen Klängen wird grossherzig ein Sitz gewährt. Nur ich fliege aus der Runde.

Nein, falsch, ich fliege aus keinerlei Runde, richtiger ist es zu schreiben: Ich wandere aus in die musikalische Fremde. Lerne eine neue Landschaft kennen, ein neues Biotop. Und wie es sich trifft, ein nachhaltiger Tourismus par excellence, Langsamkeit und sparsames Verhalten werden belohnt.

Wiederholen, wiederholen, nochmals wiederholen. Ich bleibe am Cello beharrlich und fokussiert.

Querfeldein bewege ich mich durch das Heft, das C. mir gab, überspringe ab und zu ein Stück, widme mich einer neuen Übung, strauchle nicht selten, stehle Zeit, eine Saite zu erkunden, entdecke eine Stelle neu auf dem Griffbrett. In üppigen Kurven komme ich zu den Tönen.

Es muss mir gelingen, meinen Kopf frisch zu programmieren.

Erstaunlich, aber mein Körper – und mit gut fünfzig ist er längst nicht mehr jung! – scheint peu à peu ein

Gefühl für das Violoncello zu bekommen. In Wahrheit schleicht es sich klammheimlich ein, ein zögerliches Flackern in dichtem Nebel.

Fleiss tut Not: Unverdrossen probieren meine Finger die richtigen Stellen zu greifen, ich spüre bereits eine bescheidene Schicht Hornhaut an einigen Kuppen, langsam, langsam wiederhole ich Ton um Ton, zu hellen Morgenstunden entstehen einfache Skalen, es gilt, die feinen Regungen der Arme tief im Kopf, in den Tiefen des Ohres zu verankern ...

Bewundernswert, Célines Gelassenheit. Milde lächelt sie bei meinen nicht gerade seltenen Fehlern, bei verkehrtem Bogenstrich und schräger Intonation, zückt mit ihrer hübschen Hand jeweils den Bleistift und zeichnet in der Luft einen Kommentar.

Es gibt Momente, da begleitet mich ihr Cello. Dann beginnt sogar mein eigenes Spiel ein bisschen edel zu klingen.

Bloss für den Bruchteil einer Sekunde war ihr Blick an diesem kleinen Teil hängengeblieben, scheinbar ein schäbiges, blechernes Rechteck, das neben dem Tischbein aus Metall lag, eine finstere Scherbe, auf dem noch blanken Boden des Cafés unauffällig ruhend. Stunden später wäre es unverzüglich vom Putzpersonal weggewischt worden.

Weshalb sie sich die Mühe nahm, das Ding aufzuheben, wusste sie in dem Moment nicht wirklich. Zweifelsfrei gehörte es diesem Mann, der soeben dagesessen und den Metallkreis zur Arbeitsfläche mutiert hatte: Der Wunsch, einen Gegenstand seinem Besitzer zurückzuerstatten, hatte sich ihr reflexartig aufgedrängt, sie merkte es später.

Erst als ihre Hand sich dem Objekt näherte, erkannte sie einen Memory Stick, unbeschriftet, namenlos. Ihn schlicht auf den Tisch legen, neben die, mittlerweile leere, Kaffeetasse? Er verschwände im Müll. Ein totes Insekt, parat zur Entsorgung.

Mitnehmen denn, ins Hotelzimmer. Den Stick öffnen, nach einem Hinweis auf den Eigentümer, den Mann suchen mit dem Jackett aus braunem Kord. Sie war neugierig. Neugierig nach dem kurzen Austausch mit ihm, vielleicht auch gespannt auf eine mögliche Fortsetzung.

Der Zugstreik hatte sie einen Abend früher fahren lassen als geplant, aber vierundzwanzig Stunden geschenkt, was gab es da zu beanstanden, und sogar dem furiosen Regensturm, diesen widerspenstigen, rohen Mengen von Wasser, welche sich eben an dem Nachmittag in Windeseile auf allem Asphalt ausgebreitet hatten – sie vernahm es nach ihrer Ankunft –, war sie entgangen.

Theo würde sie nach wie vor erst später treffen, am Abend, nach seinen Besprechungen. Gestern ein Besuch im Kino also, *Pauline à la Plage*, einen Kübel voll Sentiment ausgekostet, zuvor ein Bummel in die Gassen hinein, die Stadt an der Seine gab stets Stupendes, Verqueres auch her, und auch heute würde sie die Gelegenheiten beim Schopf packen, gerade in diesen letzten Tagen des Mais.

Die zwei Fensterhälften liessen das Treiben der Wolken ins Zimmer, ein unaufhörliches Spiel verschiedener Schattierungen in gräulichem Weiss, gerahmt von bordeauxfarbenem Leinenstoff, welcher mit seinen verschlungenen Dessins schwer zu Boden fiel. Über dem Bett brachen Holzbalken aus der Decke.

Ihre rechte Hand hielt mit den Kuppen den Memory Stick fest. Sie liess sich auf eine Indiskretion ein. Keiner aber da, der etwas nachweisen könnte. Im Gegenteil, ihre Neugierde wäre schlicht der Preis für eine Rettung des Gegenstandes. Für das ehrenvolle Auffinden seines Eigentümers.

Kein Stibitzen also, dieses Entwenden des Sticks aus dem Café. Nein, es musste ein Sinn darin liegen, dass es buchstäblich vor ihre Füsse gefallen war, dieses unscheinbare schwarze Ding, das seiner Bergung harrte.

Sie sass auf der Matratze, Rücken gegen die Wand gelehnt, die Knie angewinkelt. Zog das Kissen hinter sich etwas zurecht, steckte das Teil in ihr MacBook Air. Das Bett nahm fast die gesamte Raumfläche ein.

Die Dateien herunterladen? Nein, kein Datenklau, das nicht. Der Typ musste ohnehin im Besitz des Originals sein, vermutlich handelte es sich um eine Sicherheitskopie, oder er wollte aus irgendwelchen Gründen eine Datei jemandem geben, oder der Laptop war bloss entliehen, weil sein eigener bei der Reparatur war, und er musste seine Arbeit speichern, was aber nicht hiess, dass die Dateien auf dem geliehenen Rechner bereits gelöscht waren. Wer wusste, was es mit dem Stick auf sich hielt.

Aus reinem Zufall war sie am Morgen in jener Glasfront gelandet mit den Stühlen aus geflochtenem Kunstbast, schwarzweissrot, dazwischen die Metalltische der Pariser Bistros. Als sie das Hotel verliess, um zu frühstücken, sichtete sie drei oder vier Cafés; von der Kreuzung, vom brausenden Verkehr wollte sie weg. Sie schritt erst einige Hauslängen der Rue de Buci entlang, ein Stück hinein in die Rue de Seine, kehrte dann aber zurück und sichtete eben jenes Café.

Immer wieder hatte sie sich diesen Moment vorgestellt, an einem double expresso allongé zu nippen, zwanzig Zentimeter einer frischen Baguette serviert, daneben ein Klumpen Butter, eventuell ein Glas Fruchtsalat.

Weshalb gerade jetzt, ein schlichter Zufall diese Zugreise, dachte sie immer wieder, ihr Rücken der Fahrtrichtung zugekehrt. Eine Mail von Theo unversehens gekommen, wie aus dem Nichts, er müsse arbeitshalber nach Paris. Die Visite bloss kurz, aber als Angelhaken herrlich brauchbar. Die Gelegenheit nutzen. Nichts hielt sie zurück, daheim waren sie alle versorgt.

Passantinnen mit Wollschals und nackten Knöcheln, junge Menschen mit schweren, hängenden Taschen am Rücken, vereinzelt Geschäftsmänner, ihr Blick gespitzt dem Asphalt hin, von ihrem Tisch guckte sie durch die Scheibe, der herbe Eifer der Stadt blieb vorerst unsichtbar.

Dass mir nun obliegt, das Nummerieren der Finger neu zu erlernen (und nichts anderes bedeutet dies, als meine Reflexe beim Lesen der Ziffern auf dem Notenpapier frisch einzustellen!), zeitigt unerwartet einen Beistand: Aus Verärgerung über das leidige Umlernen – welche Plage! – präge ich mir ein, nach welchem Finger eine jeweilige Note verlangt.

Meine persönliche Cellodramaturgie: Streng den Noten ins Gesicht schauen, ich will in keinem Fall bloss Fingergymnastik betreiben.

Eine Fron. Mein Kopf ächzt.

Das gröbste Ärgernis rufen die 2 und die 3 ins Spiel, die Binnenfinger meiner werten Hand. 2 und 3: Ziffern, welche meinem Selbstbewusstsein zurzeit kleine Angststösse versetzen, in ihren sanften Rundungen funkelt eine Prise Bosheit.

Zeigefinger und kleiner Finger sind leichter geliebt. Die 5: ausgelöscht, so simpel.

Und der Daumen bildet ein Kapitel für sich.

Das Cello erdet mich. Im ständigen Trubel schenkt es mir einen Freiraum, weit entfernt von den Scherereien des Alltags. Mein persönliches Yoga. Leib und Seele werden in die Klänge gezogen, die Schwingungen berühren leichtfüssig meine Haut, dringen unaufgeregt bis ins Blut.

Ein wahrhafter Neubeginn. Gab Maddies Weggang im Oktober mir nicht den (doch ersehnten?) Anstoss, einen betagten Traum zu verwirklichen? Einem längst entlassenen Wunsch hauchte der Auszug meiner unbeirrbaren Gefährtin Leben ein, und verhalf im Gleichen der Wohnung zu erfrischter Bedeutung. Eine brandneue Musikstube wurde mir gespendet.

Somit mich gleich doppelt wachschüttelt.

Man sieht es keinem Cellisten, keiner Cellistin an: Aber den Bogen mit wenigen Fingern zu halten, ist einigermassen anstrengend. Ja, wesentlich anstrengender als unbedarfte Musikliebhaber (und mit diesem einfachen Etikett, mein klavieristisches Engagement nichtsdestotrotz, werde ich mich begnügen) es jemals abschätzen.

Ich verkrampfe mich oftmals innert Minuten, ein Schmerz bläht auf in der Hand, gleitet geradewegs in meine Finger, ich muss den Bogen freigeben. C. rät mir, ihn zeitweise mit der Faust zu umklammern.

Nach einigen Wochen indes dürfen meine Lippen ein Lächeln bekunden! Ein kleiner Triumph! Ich schaffe es mit einem Mal, diesen eleganten und doch verschlagenen Bogen wie ein Profi zu fassen, und dies sogar eine ganze lange Melodie von Tielman Susato hinweg.

Es klappt. Also doch.

Fast zu viel des Lächelns. Ich gerate in Gefahr, einen allzu ambitionierten cellistischen Rundflug anzutreten. Stunde für Stunde erkenne ich mit lichtem Blick: Auf verschränkte Pfade führen meine gespitzten Ohren.

Nicht leiten sie unbedingt zur Musik, dem Bestimmungsort meiner noch wachen Resolution, sondern, und eben hier ist eine Falle verborgen, zu einer rücksichtslosen, ich darf es nicht scheuen, das Wort einzutippen, brutalen Offenlegung der eigenen Unzulänglichkeiten: unsaubere, säuselnde Bogenstriche, egal, ob auf oder ab, ja, das unbedeutendste Nebengeräusch wird zu einer auditiven Kalamität.

In aller aufrichtigen Nüchternheit wird dem Spieler vorgeführt, in welches musikalische Minenfeld er sich begibt.

Nichts bleibt mehr verborgen unter dem Deckmantel der sentimentalen Liebhaberei. Im Gegenteil: Das blendende Gehör, das man so sehnlich und mit rühriger Disziplin erstrebt, lässt einen die Nichtigkeit der Unternehmung erkennen.

Diese erschreckende Belanglosigkeit des Menschen.

In was bloss habe ich mich mit diesem Violoncello eingelassen?

Dass ich einmal als Kind Klavierstunden erhielt, auch als Jugendlicher noch fast täglich in die Tasten griff, und dies immerhin mit einer gewissen Hingabe, einmal unbescheiden, aber doch wahrhaftig ausgedrückt, kommt meiner neuen Passion in jedem Fall entgegen.

Man versteht durchaus: Kopf und Körper müssen gesamthaft in den Vorgang des Spielens tauchen. Mir ein Wunschbild, natürlich. Kaum je werde ich in die Nähe einer rechten Versiertheit kommen. Diesen Gedanken indes schriftlich festzuhalten, scheint – daran glaube ich fest – meine Suche nach Musik um ein paar Schritte weiter zu lenken.

Aber ich gleite ab in Geschwafel: Das Cello umgarnt mich täglich mit Überraschungen, jegliche Ausrede, sei es die Luftverschmutzung, die einen Gang durch das Gewühl der Strassen unbehaglich werden lässt, sei es das – vermutlich eingebildete – Bedürfnis nach modischen Achtsamkeitsübungen, ist mir mittlerweile gut genug, den Stachelhalter auf den Teppich zu legen, die Bogenhaare mit Kolophonium einzureiben, ein Heft auf den Notenständer zu platzieren.

Ja, ein Spintisierer bin ich. Will auf höchster geistiger Ebene schweben, dem eigentlich unsinnigen Ideal des Musikmachens zudienen. Ein romantischer Leerlauf, zwar mit Anfang, aber ganz und gar ohne Ende.

Solch eine Menge Zeit aufwenden für im Grunde nichts, keine produktive Unternehmung, gewinnbringend höchstens in einem esoterischen Sinn, so ist es doch.

Maddie meinte manchmal, und so unrecht hatte sie vielleicht nicht, mein Realitätssinn sei angeschlagen.

Wie dem auch sei. Das Cello bereitet mir weiterhin Vergnügen. Und keineswegs wegen Céline allein. So viel weiss ich.

... ganz offensichtlich, das Cello ist für diesen Gilles Bastien eine Flucht aus dem Alltagstrott, immerhin scheint er dem Instrument ernsthaft zugewandt ... eine eigentümliche Lektüre ...

Wieder ganz der Jugendliche sein, der ich einst war. Ich begeistere mich für diesen neuen Kosmos, lasse mich hinreissen von meinen Fortschritten.

Erstaunlich.

Der Juni beschert mir ein neues Hindernis. Die spezielle Schwierigkeit, die Noten dem Legato entsprechend auszuführen. Kein einfaches Auf und Ab mehr, brav und mit kindlicher Erregung ausgeführt: Eine unterschiedliche Zahl von Tönen will je nach Bogen genommen werden, das Unregelmässige, Eigenwillige der eingezeichneten Striche gilt es mit der soliden Struktur des Rhythmus zu vereinbaren.

Rhythmus kostet. Auch das Erzeugen von Musik läuft über ein gefügiges Zusammenspiel im menschlichen Körper – in meinem Körper!

Besondere Mühe macht mir ein an sich reizvolles, altenglisches Lied, bei welchem die rechte Hand unterschiedliche Bogenlängen zu bewältigen hat, währenddem die linke eine punktierte Viertelnote drücken muss. Und dies mit höchster Präzision. Mein Kopf sucht, in die Rhythmen zu hören.

Dafür gebe ich mich genüsslich einer einfachen Melodie von Franz Schubert hin. Was nicht einmal schlecht funktioniert.

Ich muss mir selbst gratulieren, vertraue ich diesem scheinbaren Notizblock an: Wie klug war es in der Tat, das Cello zu wählen! Von allen Instrumenten. Einzigartig.

Mit welch kolossalem Klangregister kann sich meine neue Gefährtin brüsten; mit dem so profunden Bass ohnehin, aber auch mit dem Tenor und sogar – welches andere Streichinstrument konkurriert da? – mit der Alt- und der Sopranstimme. (Der Unbescheidenheit wird diese letztere Stimmlage niemand bezichtigen, ein glamouröses Kätzchen)

Aller Menschenkinder Stimme.

Erst als der Kellner den Kaffee brachte, fiel ihr der Mann schräg gegenüber auf. Etwas träge lehnte er sich nach hinten, in den Stuhlrücken hinein, mochte um die fünfzig sein, eher mehr, seine Arme ruhten auf der Tastatur eines Laptops, ab und zu drückten seine Finger in zügigem Tempo auf die Hebel. Das dunkle, angegraute Haar, die konzentrierte Miene liessen ein ernsteres Temperament erscheinen, als er es vielleicht besass.

Irgendwann fing er ihren Blick auf, schmunzelte. Für heute werde er seine Niederschrift abschliessen, die Stimme war tief und entbehrte nicht einer samtigen, leicht rauen Note. Als sie höflich zurücklächelte, fügte er hinzu, scheinbar ohne Zusammenhang, er spiele Cello, fast täglich sogar, seit zwei Jahren.

Und er mache hierzu regelmässig Notizen, so käme er seiner Vergesslichkeit entgegen. Bis vor Kurzem habe er Unterricht genommen.

Oh ja, wie schön, sie lächelte weiter, riss ein Stück der Baguette ab. Zu früh am Tag fürs Cello, sie verspürte nicht die geringste Lust zu einem intellektuellen Gespräch, nicht jeder Mensch suchte St. Germain für Diskussionen auf. Auch nicht biedere Touristen. Sie nickte dem Mann freundlich zu.

Sie sei hier zu Besuch. Seit anderthalb Tagen, ein Vergnügen. Und der Streik habe das Vergnügen nun noch ein kleines bisschen in die Länge gezogen.

Ja, der Zugstreik, der Franzose hob die Augenbrauen an, eine Spur Ironie war in seiner Miene eingezeichnet. Dann nahm er die rechte Hand von der Tastatur und winkte nach dem Kellner. L'addition.

Gewiss, Gilles.

Ein habitué. In Eile, wie die meisten hier. Vermutlich mit einem Job in einer der Universitäten, oder in einem bescheidenen Unternehmen. Jedenfalls kein Beamter. Die Krawatte fehlte.

Minuten später legte er ein paar Münzen in das Schälchen, das der Kellner auf das Metall gestellt hatte, stand auf und zog das braune Jackett an. Steckte den Laptop in einen Rucksack und ging.

Das Hinunterfallen des Memory Sticks bemerkte niemand. Erst als sie selbst um die Rechnung bat, gelangte er in ihr Blickfeld. Sie bückte sich und nahm ihn zu sich.

Ihr einziger Plan in dem Moment war es, ins Pompidou zu gehen. Über Umwege schlenderte sie in den Marais, probierte zweimal Schuhe an, ohne sich aber für einen Kauf entscheiden zu können, eine kurze Stunde dann mit El Lissitzky und Chagall verbracht, das reichte, lieber noch ein Schaufensterbummel in diesem wundersamen grossstädtischen Gewimmel.

Und wenn auch die Luft in diesem Steinwust sich manchmal ein wenig schlecht auf die Lunge legte, das Gefühl, für eine kurze Zeit niemandem geschuldet zu sein, blieb unversehrt.

Auf dem Rückweg machte sie einen Abstecher auf die Île Saint-Louis, als sie dort, ziemlich genau zwischen dem Pont Philippe und dem Pont St. Louis, auf einmal Müdigkeit verspürte und kurzerhand entschied, das Hotelzimmer aufzusuchen.

Es war Zeit für eine Pause, nein, ein Muss dieser Unterbruch, sie spürte das Leder am rechten Fuss. Der kleine Zeh, sicher ein Hühnerauge, das schmerzte. Schuhe wechseln. Am Abend würde sie Theo treffen, erst vorhin hatten sie es per Textnachricht bestätigt.

Und ja, um 21:00 am Boulevard St. Germain, auf später, Anaïs.

Sie war gespannt auf ihren Jugendflirt. Ob sein dunkelblondes Haar noch spärlicher geworden war, vermutlich schon, er hatte immer von der Glatze seines Vaters erzählt, davon, dass es ihm einmal gleich ergehen würde, und diese Ahnung besass zweifellos ihre Richtigkeit.

Das Zimmer war kaum grösser als das Bett. Gedankenverloren blickte sie abwechselnd durch die Glasscheibe in das Spiel des Gewölks und auf den Bildschirm ihres Laptops. Links, zwischen Bettrand und Wand, stand die Kofferschale, ein Rock nachlässig darauf geworfen. Morgen sollte die Temperatur anheben. Ein Luxus, ohne Strümpfe zu gehen.

Dieser Gilles hätte auch aufpassen können. Schuldfrei sind allein die Dummen.

Tack, das Teil einschieben, ein Bildzeichen auf dem Display. Ein Doppelklick und zwei Word-Dateien tauchten auf, *journal* und *sources*. Noch ein Doppelklick, auf *journal*. Ein Text erschien, ohne Titel, ohne Ende, sie blätterte nach unten, Abschnitt reihte sich an Abschnitt. Unklar, wie lange er sich hinzog, und kaum jetzt, im Schnellgang, zu fassen.

Ein Doppelklick auf *sources*: Verschiedene Auflistungen reihten sich, Namen von Autoren, Jahreszahlen erstreckten sich auf eine zweite virtuelle Seite.

Sie schloss die Datei, öffnete wiederum den Textbericht. Die Pixel stachen vom Bildschirm ab wie die wuchernden Efeublätter auf einer Mauer.

Eine Höhlenwanderung in ein fremdes Gehirn.

Céline versieht mich Woche für Woche mit frischem Proviant.

Der weite Griff nach unten: Es dauert eine Weile, gestehe ich, dass *unten* und *oben* sich auf die Tonhöhe bezieht und nicht auf das prächtige Ebenholz des Griffbretts. Meine linke Hand rutscht unweigerlich dem Steg zu, wenn sie eigentlich hoch, in Richtung dieser so fürstlich gestalteten Schnecke ziehen ... das Stück vibrierender Saite verlängern sollte.

Strebsam strecke ich meinen Zeigefinger aus, eine gefährliche Klippe dieser weite Griff nach unten. Ein *B* erklingt. Erklingt so, wie mein Ohr es erwünscht.

Und ich strecke den Finger noch einmal mehr aus.

Meiner Griffhand kommt es zuweilen vor, als ob das Violoncello mit Pressluft angetrieben würde. Ja, sogar im gediegenen Heft von Louis Feuillard.

Es bebt und es zittert. Aber bei all den ausgefallenen Raffinessen: Mein Instrument gibt mir einen Raum, den ich genüsslich bewirtschafte.

Halte ich jetzt eine Banalität fest, eine geistlose Randnote, wenn ich die Bedeutung der Klangvorstellung im Kopf hervorhebe? Ohne präzise Vorstellung der Klänge keinerlei hörenswerte Tonfolgen. Keine Musik.

Jedem Berufsmusiker zweifelsfrei eine Selbstverständlichkeit. Und mir trotzdem eine Zeile wert – klaue ich doch letzten Endes dauernd Zeit, schlicht, damit mein Kopf die Töne packen kann.

Und zur Abwechslung mich nicht mit komplizierten Kundenwünschen, abgehobenen Ansprüchen abplagen muss, sondern schlicht: meine Wenigkeit generös umsorgen darf.

Ein kleiner Luxus, gebe ich gut und gerne zu.

Was indessen ist Luxus, wenn nicht das Auffangen eines gewöhnlichen Traums?

Aufgeregt und breiten Schrittes hielt das Cello in meinen Alltag Einzug, behauptet sich nun zäh, und in Wahrheit muss ich achten, dass es mein Leben nicht übernimmt.

Ja, das Violoncello verlangt Zeit, Energie, Konzentration, Kraft, Disziplin, Geduld, Beharrlichkeit, und was sonst alles ... und dies in nicht geringen Mengen.

Was füge ich mir nicht alles zu. Allein um dieser selbstherrlichen Musikmacherei willen.

Ich lege eine kurze musikalische Pause ein – inmitten all meiner cellistischen Gefechte ein Einschnitt in die Geschichte Europas: Grossbritannien votiert für den Austritt aus unserer Union.

Die jungen Wähler, lese ich, wurden von ihren älteren Mitbürgern kalt überstimmt. Ohne hier in einen simplen Tageskommentar schlittern zu wollen, wage ich die Behauptung, dass sie es sind, die das Debakel einmal werden ausbaden müssen ... aber, ich bin nicht Politiker.

Lieber halte ich mich an die Musik: Mein Bogen gleitet oft unfreiwillig auf den Saiten hinauf und hinab, von souveräner instrumentaler Beherrschung keine Spur. Nun. Bleibt indessen die wahre Bedeutung der Bogenführung nicht verborgen? Eine ungemeine Macht über die Musik verfügt dieser rechte Arm, der da scheinbar einfach hin- und herzieht.

Céline vergisst nicht, mich zu loben. Mir fällt auf, ihre schmalen und doch robusten Finger weisen stets kurz gehaltene Nägel auf – welche dieser Tage eine Nuance heller schimmern als in den letzten Wochen.

Im Übrigen habe ich es bisher tunlichst verpasst, zu notieren, wie wohl mir ist, bei all den Stunden, die ich am gleissenden Bildschirm verbringe und Grafiken entwerfe, Tabellen erstelle, nun Tag für Tag meine Finger, Arme, Ohren zu erproben. Ja, Leib und Seele Empfindsamkeit und auch Widerstand abfordern, um das geht es mir musiksuchendem Homo sapiens.

Und bringe mich dabei unversehens eben in diesen Körper hinein, den oftmals leidlich immobilen Körper eines beflissenen Grafikers.

Das Umsorgen all meiner Dürftigkeit.

Habe ich womöglich nur deshalb zum Violoncello gegriffen?

In vier Tagen ist Quatorze Juillet. Drei Monate bereits mit dem Cello verbracht! Ich verdiene eine Pause. Der Winter, das Frühjahr, die kalten nassen Tage haben ihre Spuren hinterlassen. Ich muss mir eine Rast einräumen, alles Gelernte, mit – hie und da irritierend! – glühendem Eifer Aufgesaugte, eine Weile ruhen lassen.

Heute früh habe ich denn das Cello in der graublauen Tasche aus Kunststoff verstaut und diese auf den massigen Schrank gehievt, meinen geliebten Holzschrank, den Maddie an einem fröhlichen Maitag im Brockenhaus zu einem Spottpreis ergatterte und mir aus einer, letztlich unerklärlichen, Prise Liebenswürdigkeit heraus hierliess.

Der dickleibige alte Schrank, das Cello bringt ihn zu Ehren.

Mitte August, gegen Ende der grandes vacances, wenn es dann auf das neue akademische Jahr zugeht, werde ich die Tasche aus ihrer Verbannung herabholen.

Ohnehin legt auch meine blonde Céline vorerst eine Pause ein. Ich werde sie vermissen, meine engagierte und erstaunliche Cellolehrerin. Eine solche Menge hat sie mir doch schon anvertraut!

Dafür geniesse ich zwei geruhsame Wochen im Lubéron bei Michel und Nadine. Der zarte Lavendel zwischen den

Wiesen, gemütliche Fahrradtouren, laue Abende unter einem dichten Sternenhimmel bei einem Château de la Canorgue. Herrlich.

... von Terror keine Spur im Text dieses musikvernarrten Menschen, es fällt auf. War er in diesem Lubéron, als Nizza passierte? Kein Cello, also auch keine Notizen ...

Diese dahinplätschernden Nächte, die betäubende Hitze, welche die Pariser Strassen, sämtliches Mauerwerk in Beschlag nimmt: Sie verleiten zum Nichtstun und zur Bequemlichkeit ...

Dennoch beschliesse ich anfangs der Woche, mich aufzuraffen und das Cello aus seiner Tasche zu holen. Vier Wochen Unterbruch fordern mich auf, die Musik wiederum in meine Tagesordnung einzufügen.

Will vorerst alles Gelernte noch einmal durcharbeiten, die Fingerübungen, die Stellung der Hand, jedes Stück in meinem Heft, heikle Saitenwechsel, was habe ich mit C. nicht alles diskutiert.

Nichts werde ich auslassen. Takt für Takt das gesamte bescheidene Cellowissen, das seit dem Frühjahr an mich herantrat, auffrischen.

Nebenbei: Die Hornhaut an meinem linken Zeigefinger ist während der Sommerwochen verschwunden, dafür funktioniert der Rigaudon von Purcell jetzt besser. Die Pause tat ihr Gutes.

Am 3. September pünktlich um neun steht Céline wiederum auf meiner Schwelle. Wie gewohnt die Sonnenbrille auf dem Kopf, die man dieser Tage tatsächlich benötigt, ein Hauch von Farbe liegt auf ihrem Gesicht. Soeben habe sie an einem Festival in der Dordogne teilgenommen, sagt sie, mit Freunden aus den Zeiten am Conservatoire musiziert.

Ein rechtes Vergnügen, scheint's. Quartette, ein Trio, Schostakowitsch, Ravel, von Menschen umringt, mitunter unter den Sternen, Geflüster und Augen alle zur Bühne gerichtet.

Apropos: Weshalb nicht im nächsten Sommer ein solches Festival besuchen? Auf eine kleine, exklusive Fangemeinde stossen ... so denn C. partizipiert. Ob ihr die Idee gefiele, ich weiss es nicht. Natürlich, auch ein anderes Festival wäre denkbar. Die Provence? Die Pyrenäen?

Manchmal gleitet mir die Vermutung durch den Kopf, C. nimmt mich nicht ernst. Hält mich für ruhelos, für überreizt. Ein in die Jahre gekommener Lausebengel.

Dennoch: Ich liebe meine Cellolehrerin. Sie versieht meine Tage mit Glückseligkeit.

Zwar mussten wir diesmal, ausgerechnet anlässlich der ersten Stunde nach dem Sommer, den Unterricht einige Minuten früher als üblich beschliessen. Ich hatte J.-M. versprochen, die neue Ausgabe der Veganer-Zeitschrift zu prüfen. Ständig schlagen sie Korrekturen vor. Ausgerechnet jetzt muss er nach Bordeaux verreisen. Eine familiäre Turbulenz, sagt er.

Überhaupt nicht meine Sache, diese unerbittlichen Diskussionen. Der Geschäftsleiter verabschiedete sich jedoch dann mit warmen Worten der Zufriedenheit. J.-M. darf erleichtert sein.

... ein Grafiker also. Ganz daneben lag ich nicht. Ein Gilles Bastien, der im Stich gelassen wurde und nach einer Liebelei sich sehnt. Und musikalische Exklusivität begehrt ... eine hehre kleine Welt, nach was trachtet er eigentlich?

Diese Woche steht ein Tanzlied von Melchior Franck an, ein Ohrenschmaus. Merkwürdig, von Barockmusik habe ich nie viel erwartet. Es gibt offenbar Musik, die vor allem Vergnügen bereitet, wenn man sie selbst zum Erklingen bringt.

Und wer weiss, möglich, dass es nicht nur mir so geht.

Ich will mir Zeit nehmen, Musik zu hören. Etwas, was ich seit meiner jugendlichen Unbeschwertheit kaum noch getan habe. Mich kopfüber in Klangwelten stürzen, ganz ohne ausgetüftelte Strategie.

Bedächtig vorgehen. Erst einmal mein mageres Sortiment an Schallplatten herausziehen, die paar Stapel CDs durchstöbern.

Und das Streaming? Nur so hört einer Musik in diesen progressiven Tagen. Behaupten die Experten. Wo aber fange ich an? In dieser beunruhigend innovativen Welt, und von solch gigantischem Zuschnitt. In ihrer Verwickeltheit trübt sie einem den Blick.

Blödsinn. Meine Bedenken sind billig. Ich muss mir einen Lautsprecher anschaffen.

Diese abflauenden Sommertage nütze ich denn weidlich aus. Lag am Wochenende faul auf dem Sofa, zwei Stunden am Samstag, sage und schreibe über drei Stunden am Sonntag, schlug mir die Ohren voll mit Musik, einiges mit Cello, dann wieder ohne den dunklen Klang der Bassgeige. Vor allem mit. Diese berückenden Sonaten von Fauré, von Saint-Saëns.

Die seriöse Klassik, Traditionelles und Modernes, Jazz und Rock und was nicht alles, ich taste mich durch die Wogen. Allein das Violoncello verhilft mir zu einem leitenden Pfad. Lässt mich aufhorchen in meiner angespannten Zurückgezogenheit.

Kein unbekümmerter Spaziergang wie damals hin zu einem Plattenverleih, ein lauwarmes croissant au chocolat nebenbei verzehrt.

Ich muss Céline fragen, ob sie den einen oder anderen Tipp parat hat.

Ich lebe mit YouTube. Diese Kommentare. Kein Leserbrief kann es da aufnehmen. Meinungsfreudiges Getippe und Exaltiertheit ohne Ende, eine elektronische Salonkultur. Sekunden später erspähe ich eine Studioaufnahme aus Moskau, grad nach dem Krieg. Ein legendäres Trio hinter dem Eisernen Vorhang hervorgezogen.

Im Februar fällt ein Unterricht aus. Verkündete C. diese Woche. Unnötigerweise, bis dahin werde ich die gestrichene Stunde wieder vergessen haben. Mir unmöglich, derart lange im Voraus zu planen. Ich vermute sehr, C. erwähnte dieses kommende Nichtstattfinden schlicht, mir mitzuteilen, dass sie mit ihrem Freund und einer anderen Cellistin im Winter nach Hamburg fährt. Ihr Entzücken hierüber! Sie haben Tickets ergattert für ein Konzert in dieser neuen Philharmonie. Die jetzt doch eröffnen soll.

Ein wunderbarer Einfall aber, diese Reise. Eine Unterbrechung in der winterlichen Nässe, wahrscheinlich Cléments Idee. Er liebe Ausflüge, eine verdichtete Sorte von Auszeit seien sie ihm, teilte mir C. einmal mit.

(Recht hat er, dieser Clément, lieben wir nicht alle Auszeiten? Was ist schon mein Cellowahn anderes als eine Auszeit, die glückliche Befreiung aus den öden Trivialitäten des Alltags?)

C.: ... ein Wunschkonzert, nein, nicht wirklich ... nach etwas Zeitgemässem sehnten wir uns, Musik von jetzt, im Moment, wollten wir vernehmen ... gleichwohl nur ein einziger Termin, der uns drei Musikern passt, wir müssen uns fügen ... so wird uns das Vergnügen zuteil, einer *Hommage an Mendelssohn* beizuwohnen. Ein Publikumsmagnet dieser Abend, fast extravagant in seiner Art, befinden wir drei, in der Geburtsstadt des Komponisten, ist es nicht so, die Ouvertüre eines Sommernachtstraums, seine *Schottische Sinfonie* in a-Moll zu erfahren, und sogar noch ein bedeutendes Chorwerk ... ein Abenteuer!

Wir stürzen uns in medias res, und C. bringt mir einen neuen Kniff bei: die Kuppe meines linken Fingerchens in Richtung Steg ziehen. Ich versuche *Alouette, gentille Alouette* zu spielen, Note für Note für Note. Und finde es nicht eben leicht, einen Ganztonschritt zu hören.

Eine grosse Sekunde. Dieses grundlegende Intervall. Es liegt mir schräg in der Ohrmuschel.

Zu guter Letzt kriege ich es hin, spreize die Finger zu Genüge. *Alouette, gentille Alouette*, wie oft stimmten früher unsere Kinderkehlen das Lied mit unserer passionierten Madame Claude an. Heute streiche ich mit dem Bogen die Melodie. Wenn auch vorerst nur auf der D-Saite. Ich spüre mild eine Verkrampfung. Und dennoch, es klingt korrekt.

Unbedingt, ich werde den Griff auf allen Saiten schaffen. Auch ganz unten in den sonoren Tiefen meiner Riesenvioline.

Eine *Hommage an Mendelssohn*: Eine schöne Geste, ja erhellend. Die Scheinwerfer auf das Werk des Romantikers gerichtet.

Sollte ich es nicht wagen, einen kleinen Mendelssohn'schen Ausflug auf YouTube zu unternehmen? Mein persönliches Hamburg.

Ein Klavier (ich kann vom Thema nicht lassen, das Instrument scheint in meinem Hirn verfangen zu sein), ja, ein Klavier legt sich dem Menschen anders ins Werk als ein Violoncello.

Dem Tastenbrett nähern sich die Arme in durchaus gleicher Manier. Mir aber, streichendem Musikus, bietet sich eine neue Aufgabe: Die linke Körperhälfte und ihr rechter Gegenpart sollen ihre Arbeit in gänzlicher Unabhängigkeit verrichten. Unbefangen voneinander, mit koordinierter, ja gewandter Präzision.

Der linke Arm besorgt mit seinen fünf kostbaren Fingern die nötige Anzahl Hertz, welch schier beamtenhafte Genauigkeit wird hier gefordert! Und sein Kommilitone zieht den Bogen nichts als hin – und wieder her, aber was schreibe ich, keineswegs um Kleinigkeiten geht es da.

Denn nichts anderes als ein mickriger, behaarter Holzstab verfügt über die Klänge, die das Violoncello gebärt. Solche ungemeine Macht. Ein feudaler Herrscher, der Bogen. Wohlan, ich meine es im Ernst! Was rührt nicht alles einen Bogen, der Druck, die Geschwindigkeit. Erschrickt ein Arm nicht ob solcher Stosskraft?

Und wo stehe ich selbst in all dem? Wo bleibt meine eigene Stosskraft, wo nur?

Es kommt vor in diesen verhangenen Tagen, dass ich bereits erlernte Stücke wieder hervorziehe.

Möglicherweise aus einer gewissen unterschwelligen Unlust heraus, ständig ein mir unvertrautes Notenblatt einüben, eine frische technische Hürde bezwingen zu müssen, unentwegt nach der korrekten Intonation zu fahnden – und dies früh morgens schon, immerhin stecke ich gewöhnlich beim Frühstückskaffee das Cello in den Halter: lieber sofort seine cellistischen Fantastereien in den Tag schicken –, vielleicht aber doch auch, um hie und da ein wenig musikalische Geborgenheit zu erleben:

Der dunkle Klang umgarnt mich, ein Freudenmädchen, dieses Cello.

Und siehe da: Was mir vor wenigen Wochen noch verzwickt vorkam, ja fast unspielbar, geht jetzt von allein. Eine winziges Stück Genugtuung. Meine Hartnäckigkeit zahlt sich aus.

Wer wird mir auf die Schulter klopfen, wenn nicht ich.

Ein Langweiler bin ich doch. Noch immer fasziniert es mich, dieses erlesene Instrument. Meine Kuppen streichen häufig unaufgefordert über den Lack, diesen so umsichtig aufgetragenen Lack, der die feinen Rillen der Fichte maskiert, die sanften Wölbungen und die stattlichen Zargen zu veredeln vermag.

Des Violoncellos exquisite Sensibilität, seine Zartheit! Die Saiten vibrieren mit, sobald es die Nähe eines Gefährten vernimmt. Allein schon, wenn C. neben mir sitzt und spielt, eine regelrechte Instrumentenkameradschaft.

So vieles macht das Cello mit uns.

In meinem Alter, das nicht wenige meiner Bekannten doch als fortgeschritten betrachten, meine Person einem masochistischen Drill zu unterwerfen, wie ich es seit einigen Monaten tue, ist dies nicht abartig? (Vorwiegend kleinmütiges Streben nach Weisheit und eine geschwächte mentale Konstitution schreiben diese Gestalten einer steigenden Altersziffer zu, ihre Schlichtheit verblüfft mich.)

Mit jugendlichem Ehrgeiz darf ich mich brüsten. Glaube an meine immerhin noch bestehende neurologische Kraft, an ein – mit Überzeugung! – selbstauferlegtes, strenges Exerzieren.

Dabei drückt mein zaghaftes Cellospiel bloss die Festlaune eines biederen Menschen aus.

Im Wartezimmer meines Zahnarztes las ich erst letzte Woche in einer Zeitschrift vom Aufreizen des menschlichen Hirns. Hochwertig sei es, und auch beflügelnd.

Ganz unrecht habe ich demnach nicht.

... obsessiv ist der Gilles Bastien, einer der es nicht scheut, sich mit Kopf und Kragen in eine Sache zu stürzen. Vom nahenden Alter bedrückt, von jugendlicher Anmut bezirzt. Verstand er überhaupt, was er da notierte? Ein jeder von uns trägt schliesslich die Jahre nach seinem Empfinden ...

Lerne dieser Tage die halbe Lage. Die Hand der Schnecke hin hochgleiten lassen: nicht so schwer wie einiges andere. Der Bogen aber, der Bogen bleibt eine Herausforderung. Ein Schelm fürwahr, noch immer gleitet er ungezügelt, quecksilbrig nach oben oder nach unten. Wo doch die Destination aller wahren Cellisten sein muss, bei ebenmässigem Klangpegel die Stange auf einer Höhe zu halten. Allein so wird uns eine Aussicht serviert.

Am Donnerstag sagte Céline, ich solle meditativ üben, ans Atmen denken. Als hätte ich beim Spielen nicht schon reichlich im Kopf.

Anmutige Hände besitzt aber meine Lehrerin, ihr in leichtem Rosa gehaltener Nagellack glänzt zauberhaft, wenn sie das Cello in die Hand nimmt und mir ein Stück vorspielt.

Céline und ich. Welch ein Paar wir wären.

Eine umfangreiche Broschüre für ein Altersheim steht an. Bis Jahresende soll sie fertig sein. Mathieu vor allem drängt auf Tempo. Allzu viel Zeit fürs Üben habe ich derzeit nicht. So liegen die Dinge.

Fast zwei Uhr früh nun, zu spät, um noch ganze Sätze zu bauen. Todmüde. Eine eigenartige Geschichte. Onkel Guy schwärmte schon von T., bei dickflüssiger Trinkschokolade, zu welcher er mich stets in den kühlen Monaten in die Rue de Grenelle einlud.

Warum kam mir T. eigentlich in den Sinn? Die Trinkschokolade von Onkel Guy, man spürt den Herbst. Und so zog T. mich aufs Netz, wohlwissend, ich würde ihn finden. Sicherheitshalber kopiere ich die Abhandlung zu seiner Person in meinen Text. Und werde sie gelegentlich später lesen.

Tarisio. Luigi Tarisio. Eine Anreihung klingender Silben, die ein Amateur der Musik mit den Violinen in all ihren Aufmachungen zu verbinden mag, ein Blumenbouquet für Geniesser wertvoller Saiteninstrumente.

Der glamouröse Name einer italienischen Zelebrität, werden Sie denken!

Ein trügerischer Eindruck, Mesdames et Messieurs! Name und Vorname den meisten von uns nichts als eine banale Anreihung von Lettern. Und es scheint, zu unserem nicht gelinden Erstaunen, wir geben es zu, nicht einmal Berufsfiddler ahnten immer, wo genau denn dieser unmissverständlich lateinische Klang auftaucht, in welches historische Fenster er eigentlich einzufügen sei.

... Tarisio. Klang nach Schwindel. Nach romantischem Geigengeplauder. Schick gebürstet, modisch frisiert. Ja, eine hübsche Beigabe von Gilles Bastien. Dieser ungute Nachmittag einst, als sie im Beisein ihrer Mutter ihre Geige aus dem Fenster schmeissen wollte. Ihr Zorn auf die konstante Überei, diesen Zwang zu einem vermeintlichen künftigen Glück. Und ihr kindliches Unverständnis. Sie blickte auf die Uhr. Zeit, eine Kleinigkeit essen zu gehen. Erst noch ein paar Mails beantworten. Später dann Theo treffen, am Boulevard St. Germain ...

Das Lokal war halbleer, als sie es betrat. An einer Rückwand sichtete sie Theo, er hob augenblicklich den Kopf und winkte ihr zu.

Mit Freude, doch. Theo wohnte in London, arbeitete in einem Verlag. Vor gut fünfzehn Jahren, er trat gerade seinen ersten Job als Lektor an, hatten sie zweimal in Folge an einem ornithologischen Ausflug teilgenommen. Nicht lange nach der zweiten Erkundung nach seltenen Vogelarten besuchte sie ihn, einige Zeit später leistete er eine Gegenvisite. Kurz bevor sie entschied, sich dem seelischen Befinden von Kindern zu widmen. Selten schrieben sie sich, zwischendurch brachte sie das Leben zwei- oder dreimal kurz zusammen. Sein trockener Humor, seine kritische Meinung aber zu jedem erdenklichen Thema blieben ihr im Kopf hängen.

Und wirklich, von dem dunkelblonden Haar war nicht viel übrig, die Glatze des Vaters hatte sich eingebracht, seine klaren Gesichtszüge indes hatte der Freund behalten.

Ein Kellner trat an. Sie bestellte eine Kanne Verveine, Theo einen Lillet Blanc. Von der psychologischen Praxis, den abgehängten Jugendlichen, erzählte sie dann, von der neuen Kochleidenschaft ihres Mannes, seitdem sie ihm zum Geburtstag ein Kochbuch aus England geschenkt hatte. Während sie redete, eine weisse Kanne aus Porzellan vor ihr, drängten sich gleichzeitig die farbenfrohen Gemälde im Pompidou in ihren Blick, die abgetretenen Touristenboote auf der Seine, der Franzose mit dem abwesenden Blick und den Händen auf der Laptoptastatur, alles vermengte sich zu einem Film ohne feste Konturen.

Theo hörte zu, schien aber abwesend. Kein Widerhall, nichts, die Stadt, ihr spielerischer Wirbel, ihm eine blasse Banalität. Lakonisch meinte er bloss, dieser Typ, gut möglich, er fände sich morgen wieder ein im Café, sie solle doch nochmals hingehen. Was, wenn Persönliches vorkäme, private Daten, was immer. Ehrlich währt am längsten.

Sie blieben nicht einmal eine Stunde. Morgen sei mehr Zeit, sagte Theo, der Tag weniger in die Länge gezogen. Man könne sich für die Abendstunden ein Bistro vornehmen, eventuell vorab gemeinsam etwas trinken.

... ein Aperitif. Das Ende der Arbeitswoche würde vermutlich mehr hergeben. Mehr des Wortwechsels, mehr der Begegnung. Sie kuschelte sich mit dem dünnen Laptop unter die Decke, den Rücken an die Bettwand gelehnt. Der Rock lag noch immer träge auf dem Koffer. Und morgen früh ein zweites Mal in diesem Café frühstücken. Ohne Grund eigentlich. Auch wenn Theo einen Punkt traf. Falls dieser Gilles doch wieder da war, ohne viel Aufhebens gäbe sie den Stick zurück. Diese kleine Taktlosigkeit, die sie jetzt beging, verschwände in der Frische des Pariser Frühjahrs. Jetzt aber weiterlesen. Keine Notwendigkeit, hier in St. Germain in aller Frühe aufzustehen. Lieber nochmals spät abends in diese selbstgefälligen Schwärmereien zu T. eintauchen. Trotz Müdigkeit in den Gliedern ...

Luigi Tarisio: ein himmelsbesessener, von inniger Leidenschaft getriebener Sammler, mit herkömmlichen Messeinheiten kaum zu fassen in seinem Eigensinn. Ein Mensch, der die Gestaltung seiner Tage in all ihren Rhythmen und Leerstellen den vornehmen Nachfahren der alten Lira da braccio verschenkt hatte.

In einer ziemlich anderen Zeit, noch bevor Staaten aus West und Ost sich gegenseitig bekriegten und Fabrikanlagen in die Länder Europas trieben, hatte der Jüngling aus Oberitalien es zu seiner Aufgabe bestimmt, Geigen in all ihren Grössen und Erscheinungsformen zu sammeln. Nein, eine Plattitüde diese Aussage, ihm blosse Beleidigung!

Wir müssen die Aktivitäten des Luigi Tarisio unbedingt präziser, wahrhaftiger umschreiben: Unser junger Mann goss seine gebündelte Lebensenergie in das Zusammentragen längst nicht mehr neuer, gar beschädigter Streichinstrumente aus dem Piemont, der Lombardei.

Lassen Sie uns jedoch erst ein wenig den Faden der Zeit zurückspulen. Sachte, gewiss, wollen wir doch keine wirren Knäuel herbeiführen.

In einem wundersamen, glimmernden Dunkel erklangen auf unserer Welt die ersten Streichinstrumente – es spielte die Rebec im fernen Asien und in Arabien, in unserem europäischen Mittelalter tönte die Fidel der Troubadoure und Minnesänger, und die populären Tänze der Renaissance beflügelte, ich erwähnte es bereits, die Lira da braccio. Eine erstaunliche Ahnentafel, befinden Sie es nicht auch?

Zu jener Zeit indes liebte man freilich allein die hohen Klänge, und es war Komponisten in Flandern vergönnt, den Stimmumfang der Musik – auf Wunsch der allgemeinen Hörerschaft sei betont! – erstmals gen unten auszudehnen. Zu welcher Zeit, und keine Zufälligkeit dies, glauben Sie mir, die Bassgeigen im Norden Italiens ihren ersten Auftritt vorbereiteten.

Einen grosszügigen Blumenstrauss an Namen hielt man vorerst für die ersten Celli bereit, welche im Übrigen oftmals noch über die Schulter hingen, Basso de Viola da braccio, Violonzono, Violoncino, Violone basso, Gross-Quint-Bass, ein genüssliches Kunterbunt an Klang.

Schon gegen Ende des siebzehnten Jahrhunderts indes durfte das Violoncello unter heutigem Namen eigene Werke in Empfang nehmen, ersonnen von engagierten italienischen Komponisten. Und wenig später bloss schrieb Johann Sebastian Bach seine so unerhörten Suiten!

Eine beglückende Geschichte, die Geschichte unseres Violoncellos, es besteht keinerlei Zweifel ...

Über Generationen hinweg, aber ja, wurden etliche Ortschaften jenseits der Alpen zu einem Experimentierfeld für Geigenbauer: Mit Verve und Fantasie arbeiteten sie an der Vergrösserung der Violine, schnitten weite Holzplatten aus Ahorn und Fichte, hobelten Eckklötze, Oberklötze und Unterklötze, modifizierten die Höhe der Zargen und bewerkstelligten mit dem Biegeeisen frische Masse für die Dicke der Böden und Wölbungen, sie bestimmten neu die Platzierung der F-Löcher und Bassbalken und schufen aus Palisander oder Buchsbaum breitere Saitenhalter. Achtung: Konzerttauglich sollte das Musikgerät sein, also auch transportabel!

In treuherziger Arbeit wurde in den Ortschaften Oberitaliens ein unermesslicher musikalischer Reichtum geschaffen: Alles in allem, eine kleine musikalische Revolution, die auf unserem Planeten noch immer ihresgleichen sucht ...

Wir wissen natürlich alle, es war Antonio Stradivari vorbehalten, mit seiner grandiosen B-Form die perfekten Proportionen des Violoncellos auszutüfteln und uns hiermit ein Richtmass zu geben. Wie viele Geigenbauer könnten jedoch aus hervorragendem Grund genannt werden: Andrea Amati, Francesco Ruggeri aus Cremona, aus dem nahegelegenen Brescia Giovanni Paolo Maggini, Matteo Goffriller aus Brixen landete in Venedig wie auch Domenico Montagnana, verflochten sind die Namen Giovanni Battista Guadagnini, Santo Serafin, Pietro Guarneri, Giovanni Grancino und Städte wie Bologna, Mailand, Turin oder Rom. Das Bild muss ein Ungefähres bleiben, geschätztes Publikum ...

Aber genug dieser professoralen Darlegungen, lassen Sie uns lieber von T. weitererzählen, dieser einzigartigen Menschenseele.

... welch schwülstige Rede, der da spricht, so verschroben wie dieser Tarisio selber ... was interessiert es den Gilles Bastien?

Schon Tag und Ort seiner Geburt hatte er perfekt auserwählt: Dem Ende des achtzehnten Jahrhunderts zu erblickte der zukünftige Abenteurer das Licht der Welt. Wie es heisst, in Fontaneto d'Agogna, einem Weiler nahe dem piemontesischen Novara. Ja, genau so war es: Bloss ein paar Dezennien, nachdem der berühmte Antonio Stradivari sein letztes Instrument angefertigt hatte, verblasste bereits der Glanz der ehrwürdigen Manufakturen ...

Hunderte von Streichinstrumenten mit Zetteln vorzüglicher liutai in ihrem Inneren fristeten eine müssige Existenz in unzähligen Winkeln des Landes, verstaubten in den Kammern von Kirchen und Klöstern und auf den Dachböden norditalienischer Bauernhöfe.

Luigi Tarisios Eltern indes lebten in Armut und konnten ihrem Sohn über eine einfache Ausbildung als Tischler hinaus bloss wenig mitgeben – dafür schuf ihm ein gekonntes Umgehen mit Holz Berufung und Schicksal.

Der junge T. begann – vielleicht, um dem monotonen ländlichen Alltag ein Schnäppchen zu schlagen – seine Augen auf Violinen zu werfen. Irgendwann, zu einer schläfrigen Abendstunde, zu Beginn eines langen Tages muss er jählings erkannt haben: Was für ein Vergnügen bereitete jenes Aufstöbern von Violinen, über wie viel geheimes Wissen, welch Menge Spürsinn verfügte er doch ...

Unser Held, fleissig wie eine Ameise und gerissen wie ein Fuchs, nahm es denn auf sich, jahrein, jahraus ländliche Gegenden zu bewandern, in Tavernen und Schenken für Logis, Speis und Trank zu spielen und die Möbel von Bauernfamilien zu reparieren.

Mesdames et Messieurs, ich hoffe, ich langweile Sie nicht mit diesen detaillierten Ausführungen – ich bitte Sie indes zu bedenken, welcher absonderlicher Lebenshaltung sich unser junger Mann verschrieben hatte. Zeitzeugen meinten, eine Macke von Luigi erkannt zu haben, wenn er stets billige Instrumente verpackte, um sie gegen vermeintlich wertlose Geigen und freilich auch Bassgeigen einzutauschen.

Ja, sogar Griffbretter und Saitenhalter, eine beschädigte Decke oder ein Wirbelkasten steckte er bei Gelegenheit in den Sack und brachte sie, wohlwissend um ihre Bedeutung, nach Mailand in seine ärmliche Dachstube.

Hier denn nahm er kleine Renovationen vor, und, kein Zweifel, wird er einzelne Instrumente mit gefundenem Zubehör versehen haben ... das Mass seiner Eingriffe wird indessen auf immer in den Trübungen der Musikhistorie versteckt bleiben.

Die Autoren der Berichte schreiben, T. habe mit Vorliebe Zettel gesammelt, diese Namensschildchen im Innern eines Violoncellos, einer Geige – befinden indes, er sei Analphabet gewesen. Mutet es nicht seltsam an, ausgerechnet ein Mensch, welcher der Schrift nicht mächtig war, verklebte diese wieder neu? Offene Fragen bleiben uns, verehrtes Publikum!

Gewichtige Stimmen – wir beeilen uns, dies anzufügen! – betonen das unerhörte Gespür für Violinen, ihre Eigentümlichkeiten, welches Luigi Tarisio im Laufe der Jahre sich aneignete, ein Gespür, das einherging mit einem fundierten Wissen zu den Geigenbauern seiner Heimat.

L. T. wusste seine Gedankengänge zu schützen: Zu keiner Zeit empfand er das Bedürfnis, ein schriftliches Zeugnis seiner Arbeit abzulegen, für die Nachwelt einen Almanach seiner Passion aufzuzeichnen. Ein Mann, der alleinig seinem immensen Gedächtnis vertraute. Ein wahrer Mann der Einsamkeit!

Ungemein Wichtiges stand jedoch an, gerade für uns, die nicht in der malerischen Landschaft Italiens leben: Nach einigen Jahren des Umhertreibens und Sammelns beschloss Luigi, den Handel anzustreben. In diesen jungen Jahren des Geschäftes mit Geigen nahm freilich Mailand noch dessen Mittelpunkt ein.

Das vorrangige Jahr 1827 brachte dem Leben unseres Helden eine tiefgreifende Wendung: Von Kollegen erfuhr er, dass bei uns, in Paris, die Instrumente seiner Heimat überaus gesucht waren.

Hierzulande hatten ja, Sie erinnern sich, die Könige Frankreichs bereits einige Streichinstrumente aus Italien erworben, und nicht wenige luthiers fabrizierten mit Können ihre Violinen und Celli nach Modellen des Meisters aus Cremona.

Eben Paris, dieser famosen Stadt, gelang es, ein hervorragendes Wissen und Erfahrung zu Bau und Restauration von Streichinstrumenten zu speichern. Eben ihr war es möglich, einen Luigi Tarisio gebührend zu würdigen – und hier war es diesem vergönnt, den Ländern Europas ein Tor für die Kunst aus dem Süden zu schaffen.

So trat denn unser Violinenfanatiker einen Fussmarsch an, sechs teure Geigen im Sack, dürftig gekleidet und ignorant bezüglich der Gepflogenheiten einer Weltstadt, kam verwahrlost, erschöpft, direkt in das Atelier des Geigenbauers Jean-François Aldric, in die geschäftige Rue de Bussy …

… noch immer diese Verschrobenheit, ein Lokalpatriot, der Gilles, und Rue de Bussy, nicht Rue de Buci? Grad hier nebenan …

Bevor aber wir unsere Geschichte weiterspinnen, geschätztes Publikum, möchte ich es nicht verpassen, einen kleinen Exkurs zu riskieren, Sie auf einen merkwürdigen Zufall aufmerksam zu machen. 1827 markierte nämlich nicht nur L. T.s erste Visite in Paris, sondern gleichfalls die Geburt in besagter Stadt der ersten Grande Dame des Violoncellos: Lise Cristiani.

Lise Cristiani – verwaist wuchs sie auf bei ihrer Grossmutter – war es, die als erste weibliche Violoncellistin Konzerte für die Öffentlichkeit gab und es wagte, erst knapp erwachsen, ausgedehnte Tourneen durch unzählige deutsche Städte zu unternehmen. Sie bereiste das Baltikum, fuhr nach Russland weit in den Osten und trat hier in Ortschaften auf, deren Namen uns heute noch fremdländisch klingen, in Irkutsk am Baikalsee und Ochotsk in der Region Chabarowsk, in Petropawlowsk auf der Halbinsel Kamtschatka.

Mademoiselle Cristiani gab selbst an, vierzig Konzerte allein in Sibirien gegeben zu haben – *où jamais artiste n'était encore parvenu*, wie sie in einem ihrer ausführlichen Briefe festhielt. Wir erfinden es nicht: Ausgerechnet ein Ort namens Pjatigorsk nahe dem Kaukasus, wo im Übrigen Leo Tolstoi sie hörte, bezeugte ihren letzten nachgewiesenen Auftritt.

Mit nur sechsundzwanzig Jahren starb Lise Cristiani in Südrussland an Cholera.

Die talentierte Lise Cristiani, möchten wir anfügen, spielte auf einem Violoncello von Antonio Stradivari, welches sie von Jean-Louis Duport, dieser illustre Name in der Geschichte des Cellos bedarf keiner Erklärung, erworben hatte und das später – ein Segen für die Nachwelt! – aus den russischen Steppen gerettet wurde.

Welch prächtigen Einfall hatte doch Felix Mendelssohn, nach einer Begegnung in Leipzig seine *Romance sans paroles* Lise Cristiani zu widmen!

Aber, fahren wir fort mit T.s Geschichte. Sein erstes Geschäft mit dem renommierten Aldric verlief zugegebenermassen mehr schlecht als recht. Erst ab dem folgenden Jahr, so wird berichtet, als der Italiener, präsentabel zurechtgemacht, in einer Kutsche vorfuhr, begann er, schöne Gewinne zu erzielen.

Achtung: Für Luigi war Monetäres letztlich kaum von Belang; die Instrumente allein waren es, die seinem Leben Sinn und Antrieb verliehen. Beinahe dreissig Jahre lang besuchte L. T. unsere Hauptstadt regelmässig, in späteren Jahren weitete er gar seine Reisen über den Ärmelkanal hinweg aus nach London, um dort Geschäftsbeziehungen mit angesehenen Händlern zu unterhalten.

Und er achtete, dass ebenso die alten Violoncelli zu Ansehen und Wertschätzung kamen. Sie wissen, ein Violoncello lässt sich weniger leicht verfrachten wie sein kleines Geschwister, der Transport blieb und bleibt mühselig: Ein Narr indes, wer meinte, diese Schwierigkeit täte Tarisios Gier nach exzellenten Instrumenten Abbruch!

Der englische Schriftsteller Charles Reade erzählt uns, wie dieser eines Tages im Laden des Pariser Geigenbauers Georges Chanot die Decke eines Cellos von Stradivari erblickte ... und vernahm, Chanot habe die Decke in Madrid ergattert. Ein spanischer Violero hatte die Decke aus einem Stradivari-Original schlicht herausgelöst.

Ohne zu zögern, trat Tarisio einen 1.200 Kilometer langen Fussmarsch an, zu besagtem Geigenbauer, über welchen er problemlos das kostbare Cello ausfindig machte, und dieses unverzüglich auf einen Kutter mit Bestimmungsort Bretagne nahm. Wahrhaftig ein Happy End: Nach einem Weltuntergangssturm in der Bucht von Biskaya – in hochdramatischen Tönen von Reade geschildert! – fanden in Frankreich Cello und Decke zueinander zurück.

Welche gemessen an unserem gewöhnlichen Gradnetz fast krankhafte Besessenheit den italienischen Sammler erfüllte, werden Sie verstehen, wenn Sie von Tarisios Tod hören: Auf einem zerschlissenen Sofa liegend in seiner Mailänder Dachstube sei der Sammler tot aufgefunden worden ... umgeben von weit über hundert Violinen aller Arten ...

An dieser Stelle führt die cellistische Spur wieder nach Frankreich: Als unser bereits höchst erfolgreicher Geigenbauer und Händler Jean-Baptiste Vuillaume vernahm, sein langjähriger Gefährte sei verstorben, bestieg er unverzüglich den Zug nach Novara, nahe bei Tarisios Gut, wo er denn sechs exquisite Geigen vorfand. Nicht genug, er preschte fort nach Mailand: Tatsächlich, an den Wänden reihten sich die Instrumente, mit Tüchern verhüllt, stapelten sich proper gefertigte Kästen, die leichteren Geigen hingen von der Decke hinab ...

Zu einem angenehmen Preis erwarb Vuillaume sogleich den gesamten Bestand.

Luigi Tarisio. Zu unserem Leidwesen, wir geben es zu, werden wir nie erfahren, wie viele Celli der Sonderling aus Oberitalien tatsächlich nach Paris gebracht hatte – sind wir verwegen, wenn wir behaupten, es seien mehr als ein Dutzend?

Nachweislich enthielt T.s Nachlass um die sechs Bassgeigen, zudem wird das Pawle-Cello von Antonio Stradivari aller Wahrscheinlichkeit nach Paris gebracht worden sein, und sicher nicht zu Unrecht munkelt man über ein ähnliches Schicksal des Hegar-Cellos ...

Ja, so ist es: Nur selten kann das Leben eines Violoncellos bloss über die Mitte hin des romantischen Jahrhunderts nachgezeichnet werden, fast alle Bassgeigen bleiben umflort mit feingesponnener Historie.

Aber was ist schon Geschichte? Ja, was ist sie? Ein Amalgam aus gemischten Stimmen, ist sie dies nicht? Aus Stimmen, in die wir erst hineinhorchen müssen, aus Mutmassungen, Unterschlagenem und Verdrängtem, aus Halbwahrheiten, kuriosen Meinungsverschiedenheiten und verborgenen Widersprüchen.

Ob uns aus früherer Zeit Zugesichertes für bare Münze genommen werden kann? Möglich – und wenn nicht: Se non è vero ...

Tarisio hing mit Leib und Seele an seinen Violinen. Das Sammeln von Instrumenten wurde für ihn zu einem angespannten schöpferischen Akt, zu einem grandiosen Versuch, eine neue geistige Landkarte zu entwerfen.

Niemals hegte er nur den geringsten Zweifel am Sinn seiner Unternehmungen, ja, er blieb ein scheinbar weltabgewandter Mensch, ohne richtiges Heim, mit nur spärlichen familiären und freundschaftlichen Banden.

Ist indes Geschichte nicht manches Mal auf solche Exzentrik angewiesen, ich frage Sie? Im Gegenteil, nährt sie sich nicht häufig von Verrücktheiten, unverständlichen Eigenarten?

Selbstverständlich, ob unsere geliebten Celli ihre Bedeutung auf immer behalten können: Wir wissen es nicht – absolut möglich, dass sie eines Tages zu Zeugen einer vergangenen Lebensform degradiert werden, wie die Tempel in Rom und Athen ... Fragen über Fragen, meine Damen und Herren, die einer Antwort harren!

Doch beenden wir nun unsere Ausführungen zu T. und wenden wir uns einem anderen Genie aus dem Universum der Violinen zu ...

Heute, endlich, fand ich Zeit für diese seltsame Deklamation. Sicher nicht falsch, was der Redner da so behauptet, für Geniestreiche braucht es bizarres Gebaren. Den Irrsinn von Verbohrtheit. Was bringt einen Mann dazu, solche Strapazen auf sich zu nehmen? Keine Frau, keine Geliebte, anstatt einer festen Bleibe unsinnige Fussmärsche. Allein für ein paar Instrumente …

Dieser T. Ein Mensch, der aus Brüchigem seine Lebensfreude bezog. Das Abenteuer begehrte. Und partout das Schicksal seiner Violinen zu lenken bezweckte.

Aber Schluss mit dieser Sache. Der Text ist gespeichert.

November bereits. Ich gebe es zu, mittlerweile gibt es Tage, an denen es mich Überwindung kostet, das Cello in die Hand zu nehmen. Zuviel anderes im Kopf, gestern eine Auseinandersetzung mit Mathieu wegen diesem Altersheim, Mails, unaufhörlich schwirren sie herein, und, bin ich ehrlich, doch auch wegen der Hindernisse, die mir das Violoncello unaufhaltsam in den Weg stellt: Sobald ein Problem nur ansatzweise gelöst ist, erscheint schon eine neue Aufgabe.

Laufend stecke ich inmitten technischer Gefechte, nur selten ist an Musik zu denken. Ich, ein kühner Eroberer der Meere: Mit treuherziger Zuversicht segelte ich los, aufs Geratewohl, und stecke nun im stürmischen Gewässer. Wann wird es mir vergönnt sein, wenigstens eine Bucht zu sichten, ein kurzes Stück Ruhe zu geniessen?

Es stimmt aber: Diese ungestüme Lust, die ich vor dem Sommer noch jedes Mal empfand, als ich das

Instrument zur Hand nahm, wich einer temperierten Zuneigung. Und doch: Sobald ich meine Hände an Saiten und Bogen lege, reisse ich mich nur schwer wieder los.

Cellospielen macht süchtig.

Nachdenklich heute. Ein Jahr ist es her, seitdem die blutrünstigen Monster das Bataclan heimgesucht haben. Wird unsere Stadt zu ihrer alten Sorglosigkeit je zurückfinden können?

Doch kein tiefsinniges Grübeln, man versorgt sich bloss mit Unmut.

In seltenen Momenten, fast immer spät in der Nacht, gönne ich mir kleine Entdeckungsreisen auf dem elektronischen Netz. Auf was stosse ich nicht alles. Eine Radiodokumentation zu Zara Nelsova, eine Empfehlung meiner C. Ein eigenwilliges, temperamentvolles Musizieren, aus Tragik und Triumph stiess es hervor.

Mein zuweilen ausschweifender Netztourismus bringt mir auch, eine reine Zufälligkeit, die kompositorische Geburtsstunde des Violoncellos zu Ohr. Selbst ein Cello musste einmal seine Perspektiven finden. Ricercari, Sonaten einer Reihe von Domenicos und Giovannis ...

Sollte nicht eine Frau wieder einen Platz in meinem Leben besetzen? Eine Frau, die nicht bloss einmal die

Woche knapp eine Stunde mein Dasein belebt. Nicht alle menschlichen Lücken vermag das Cello zu füllen.

... er lässt die Dinge gern im Ungefähren. Kein Jahr. Kaum ein Name. Diesen Redner aber, den begriff er nicht wirklich, der Gilles Bastien. Der Italiener wusste um seine Pflicht, nach den Geigen zu schauen ... und der Bataclan: das rührte ihn auf!

Seit drei Tagen regnet es unentwegt, die Dunkelheit bricht früher und früher in die Strassen. Das Jahr bewegt sich seinem Ende zu. Alle drei arbeiten wir derzeit an den zwei Jahresberichten, Krebsklinik und Zentrum für Alternativmedizin. Uns alten Hasen eine liebgewonnene Tummelwiese.

Neu und unerforscht dafür: C. bringt mir derzeit die vierte Lage bei. Die Hand gleitet sanft das Griffbrett hinab, bis der Daumen leicht in der Nase liegt. Und dann, wenn die Fingerkuppe das Metall auf das Ebenholz drückt, in dem Moment, mild, schwingt ein Ton wiederum auf. Diese bezaubernde Milde, ich freue mich darüber.

Eigenartig, es will mir besser gelingen, Intervalle in aufsteigender Folge zu hören, als absteigend. Gestern, etwa, landete ich am Ende eines Volksliedes stets zu tief. Erst nach einer Weile verstand ich die Bedrängnis meiner werten Hand: Ein Finger links aussen auf der A-Saite, ein anderer auf der benachbarten D-Saite, um Millimillimillimeter falsch gelegt.

Ein manuelles Fabrikat. Nur so entsteht die Musik.

C. rät mir, ein Heft mit Tonleitern zu kaufen.

Tonleitern spielen, wie ehemals am Klavier. Unterschiedliche Bogenstriche, verschiedene Rhythmen, Kreuze und Bes im Papier verklebt. Eine ausgezeichnete Idee, liebe Céline. Ein Heft denn sogleich im Internet bestellt. Die Neuauflage der Edition eines niederländischen Cellisten. Ein Student von Pau Casals, stiess europaweit auf ein pädagogisches Renommee. Längst tot.

Meine Lehrerin bleibt bei jeder Begebenheit, jeder Erschwernis gelassen. Immer wieder biegt sie mir die Stellung der Finger auf dem Griffbrett zurecht, holt den Ellbogen ein Stück weit hinunter. Ihr schmaler Körper besticht. Und: ihre Stimme stets hell und gewichtslos.

Sie appelliert an die Fantasie: Ziehe den Bogen, als ob du schlittschuhläufst. Ein weiteres Mal in die Kinderjahre zurückversetzt werden. Die Kufen auf das milchige Eis setzen, sie mit ganzer Kraft nach vorn gleiten lassen, die Augen beunruhigt dem Horizont zu.

Dann sprach ich sie an, auf L. T. Ja, dieser Mann aus Italien, der uns die Violinen gebracht hat, kurios und mythisch, nicht doch, meinte C.

Kurios und mythisch, und zugleich unerhört reell. Und weilt noch immer unter uns.

Jetzt aber: Das Zählen der Finger glückt mir dieser Tage recht und schlecht. Allein die mittlere Phalanx verlangt weiter nach mentalem Drill, die 2 lässt sich bloss schwerlich packen. Ihre Zacke bekundet Aggression. Lässt sich mit cellistischer Sanftmut kaum in Einklang bringen. Keine simple Zahl, diese 2.

Nun. Vorerst gönne ich mir in der alljährlichen weihnachtlichen Ruhewoche einige Tage Erholung. Ohne Cello.

*

Noch ist es ruhig im Büro, das Thema Werbung scheint in den jungen Tagen nach Neujahr kaum einen Menschen zu bemühen. Diese zuweilen so aufreibende und doch von uns allen willkommene Hektik kommt für gewöhnlich erst im Februar auf.

Unerheblich. Eine Chance, Liegengebliebenes aufzuarbeiten. Die Steuerpapiere der letzten fünf oder sechs Jahre übersichtlich einzuordnen. Auch wenn der Buchhalter alles im Doppel besitzt. Mit M. und J.-M. zu besprechen, welche Institutionen wir in den nächsten Monaten anschreiben sollten. Nicht stets drei Dinge aufs Mal erledigen müssen.

Maddie vermisse ich bloss selten noch. Überraschenderweise rief sie mich an, um mir ein gutes neues Jahr zu wünschen. Dass es sie wundernimmt, wie es mir geht, war unzweifelhaft ehrlich gemeint.

Auch ich frage mich manchmal, wie sie derzeit mit ihrem Alltag zurechtkommt. Von einer gesprächigen Freundesschar umringt, beschäftigt, eine cremige Tarte au fromage blanc zu fabrizieren.

Wo aber bleibt meine Wissbegier zu ihrem Befinden, diese ungeduldige Umsicht von früher?

Vielleicht sehen wir uns einmal in den nächsten Wochen. Qui sait. Aber auf keinen Fall hier, nicht in diesen Zimmern, die wir jahrelang gemeinsam bewohnt haben, seit Maddies Fortgang indessen den Duft der wohligen Lockerheit, des Frohmuts, im Prinzip einer geregelten Harmonie angenommen haben. Ihr Besuch brächte mein derzeitiges Wohlbefinden in Bedrängnis.

Ich habe ihr nie vom Cello erzählt. Sie verstünde es nicht.

Wie kann ich überhaupt jemandem davon erzählen, von diesem nutzlosen Zeitvertreib? Wie soll ich einen vernünftigen Satz artikulieren, wenn sich aus diesen Stunden den Menschen nichts Messbares herausschälen lässt? Weder Höhe noch Breite präzis zu verzeichnen ist?

Gilles Bastien ist seiner Cellomanie erlegen. Nicht einmal weiss er, was er will damit.

Ja, so ist es. Ich spiele Cello, einfach so, Tag für Tag, habe keinerlei Bestimmungsort vor den Augen.

Überhaupt, weshalb ein sogenanntes Ziel? Musik liegt im Zentrum der Welt. Ziele sind falsch. Ich muss mich nicht rechtfertigen.

Und schlicht bannen lässt sich meine Liebhaberei nicht. Ich halte fest an meinem Spleen. An meinen verzweifelten Wünschen, mir eine richtige Zukunft zu ergattern.

Werde weiterhin die Saiten mit dem Bogen streichen, weiterhin Unterricht nehmen. Und bei Gelegenheit einem Laienensemble beitreten? Oder mich in der Kammermusik versuchen? Jazz, eine fetzige Rockformation?

Aber weshalb diese Fragezeichen. Ein Spielsinn wird sich ergeben. Ich werde verharren.

... Cello im Jazz. Wo er das herhat? Soll ich Theo befragen? Er kann vielleicht ein paar Ideen einbringen ...

Bereits die erste Stunde im Jahr birgt eine kleine Überraschung: Céline bringt eine barocke Sonate in den Unterricht, eines Giambattista Cirri aus Forli, wie C. sagt, einem Städtchen unweit der adriatischen Küstenebene. Sie spielt mir die Sonate sogleich vor, ein einnehmendes Werk, voller erstaunlicher Eingebungen, berückender Melodien.

Keine Frage, für mich ein ernstes Stück Arbeit. Indes, es wird mir Vergnügen bereiten, so meine ich. Und so meint auch Céline.

An einigen Stellen sei die weite zweite Lage verlangt, fügt C. bei. Die weite zweite Lage! Was das genau heisst. Die Hand rutscht knapp nach unten, den kleinen Finger zeitgleich dezidiert abgestreckt.

Den Abstand zwischen zwei Tönen ermessen, tief in den Rundungen meines Ohrs. Eben das Ohr: nichts als ein eingekerbtes Fragezeichen. Reine Quint, kleine Terz, grosse Sekunde, kleine Septime. Die Klangpalette, die zu erzeugen ich trachte ...

Zwischendurch erinnert mich Céline an die Stunde, die im Februar ausfallen wird. Diese Reise nach Hamburg. Ich werde mir erlauben, ein paar Tage lang weniger beflissen zu üben.

... jetzt gönnt er sich doch ein bescheidenes Stück Ruhe ... beharrlich ist er, der Gilles. Scheut keine Strapaze, muss man ihm eingestehen ...

Und C. verrät mir eine neue Tonleiter: D-Dur. In Achteln, rascher noch in Sechzehnteln, Bindebogen über zwei Noten, vier Noten, und, falls Zeit bleibt, in Triolen.

Sechzehntel, Triolen? Sie bieten Beschwernis. Nicht einfach, merke ich, rhythmische Figuren am Cello präzise wiederzugeben. Diese verdammte Präzision. Bloss zögerlich verantworte ich jenes Ungleichgewicht, welches die Zeit fabriziert. Eben das Gliedern der musikalischen Zeit: Der Unterbau cellistischen Seins. Allein die Zeit fängt uns auf. Mit all unseren billigen Wünschen, unseren grandiosen Unzulänglichkeiten.

Geduld, Geduld, und abermals Geduld. Ich darf getrost ein bisschen weniger streng sein mit mir selbst. Kein solides Bauwerk, das je in einem Spurt gefertigt wurde.

Bin ich nicht privilegiert, morgens üben zu können? Wenn der Kopf, noch unschuldig und leer, sich in ein struppiges Klangchaos hineinziehen, unbekanntes Notengelände sich blendend auskundschaften lässt. Die ersten Stunden des Tages, allein leichtherzigen Spielereien gewidmet.

Ein gigantisches Abenteuer für die Sinne ist dieses Cello, nicht doch.

Auch die weite vierte Lage verlangt ein Dehnen, des Zeigefingers diesmal. Einen Muskel die Kuppe recken lassen. Nüchtern getippt.

In Wahrheit schlicht ein Verabschieden. Keine Fingergymnastik, einzig das zarte Entfalten des Klangs, eine splendide Party für die Ohrmuschel, von was reden wir!

Und das Flageolett: eine Offenbarung. Einfach und leicht, die Kuppe berührt sanft eine Saite, eine Oktav ganz präzis, und unerhört dieser Bogenzauber, so samtig, luftig erklingt nur eine Panflöte.

Mein Flageolett. Zeitigt die perfekte Tongebung, was mache ich mir das Leben schwer. Meine wunderbar elegante cellistische Errungenschaft.

Eine ganz andere Geschichte dafür die Cirri-Sonate. Des Giambattista, stämmig aus der wunderbaren Emilia-Romagna. Ich kämpfe. Mit der Musik, für die Musik? Wer weiss. Ich ringe und gleite von skurrilen Geistesblitzen zu launenhaften Ideen und vorgeblichen Erkenntnissen. Mein Violoncello: mein Spielfeld für diffuse Ausdeutungen zum Menschsein. Zu meiner dürftigen Wenigkeit.

Ein Allegro, ein Adagio, das abschliessende Menuett. Ein abermaliges Wiederholen der Tonfolgen. Mein ewiger Reigen. In äusserster Diskretion möchte ich an dieser Stelle festhalten, dass mir das Cellospiel ein herrliches Vergnügen bereitet: Oftmals in diesen kalten Wochen ziehe ich abends noch einmal mein famoses, eigentlich unheimliches Instrument hervor.

Und erzähle niemandem vom Ausmass meiner Marotte, nicht Mathieu und nicht Jean-Michel. Nicht einmal meiner geschätzten Céline.

Donnerstag, der 16. Februar: Welch ungewöhnlicher Vormittag!

Wie üblich steht Céline ein paar Minuten vor neun vor meiner Wohnungstür. Sie strahlt, der konzentrierte Ernst verflogen, ein knapper Gruss, hiernach: Welch ein Tag, gestern! Tritt ein, setzt den Cellokoffer aufs Parkett, das blonde Haar unordentlich charmant mit einer Klammer am Hinterkopf zusammengehalten, zieht ihren dicken Schal vom Hals.

C.: Du erinnerst dich, in acht Tagen bin ich weg. In Hamburg. Hör zu, Clément erhält eine Mail, eine Uraufführung an der Elbe, spektakulär. Ein Cellokonzert des Felix Mendelssohn Bartholdy. Unlängst entdeckt, in einer Leipziger Bibliothek, scheint es. Seit Jahrzehnten kein solch musikalisches Beben mehr!

C.: ... diese *Hommage an Mendelssohn*, verständlich jetzt das Pathos, eine Uraufführung in der Geburtsstadt des Komponisten, nicht ein Wahnsinn, so unwahrscheinlich wie eine Mond- und Sonnenfinsternis zugleich? Und gerade uns wird das Glück beschieden, dem Wirbel beizuwohnen ... die Mitteilung, einfach gehalten: eine Programmänderung. Mendelssohns Werk noch immer geplant, selbstverständlich mit Freude, so heisst es in Hamburg. Anstatt aber der *Schottischen Sinfonie* das aufgefundene Cellokonzert ... eingerahmt, wie annonciert, vom Sommernachtstraum, der Nacht der Walpurgis.

Also doch kein banales Konzert ..., werfe ich ein.

Eine Banalität, dieser Abend, der Ausruf mir noch wortwörtlich im Ohr vom Oktober her, die Tonalität sich in eine obere Lage wendend, mit dem selbstsicheren, allwissenden Ernst des Berufsmusikers verkündet.

Ein breites Lächeln. Reuig? Nein. Aber: Meine Lehrerin erkennt, ihre vorschnelle kritische Reaktion blieb mir im Kopf.

C.: ... ein kluger Einfall der Intendanz, nicht doch, mit der *Schottischen Sinfonie* dem Publikum einen harmlosen Köder vor die Füsse werfen, allemal leichte musikalische Kost ... dem, wie man erzählt, stattlichen Saal eine Ausverkaufsgarantie bescheren. Derzeit kein freier Platz mehr, die Kasse geschlossen, das Telefon stumm ...

Diese seltsame Verschwiegenheit, unterbreche ich, über drei Monate hinweg oder länger, als ginge es um ein Verbrechen? Interpol forscht nach Cellokonzert, die Staatsanwaltschaft ermittelt, oder wie immer es unser Nachbarland abwickeln will.

C.: Verschwiegenheit schützt. Vor gierigen Ohren. Gierigen Händen.

Sie öffnet ihren Cellokasten. Ausser der Cirri-Sonate liegt im Moment noch ein Marching Rag an, beides im Duett.

C.: Dieser historische Abend ... das erste romantische Cellokonzert in unserer Geschichte ...

Wir besprechen den Lagenwechsel im Legato, das Verrutschen der Hand, heikel. Ein *G* zischt leise an meiner Ohrmuschel vorbei, höchst ärgerlich, die linke Hand soll nah am Griffbrett, an den Saiten bleiben, moniert Céline.

Dann, gegen Ende der Stunde, C. nochmals: Und bitteschön, achte auf die Presse, den *Figaro*, auch den *Monde*, könnte sein, du siehst eine Besprechung ... und am Cirri solle ich arbeiten, doucement, es komme alles gut, die Schultern unten behalten, durchweg, und hie und da das Metronom einschalten.

Ein Unterricht fällt aus, und ich habe mehr Zeit als gewöhnlich. Meine Beflissenheit will sich partout nicht abstellen lassen. Der Cirri klingt derweil nicht übel, eigentlich recht schön, kann ich schreiben, so denn für meine Verhältnisse, der *Marching Rag* dafür funktioniert mehr schlecht als recht, die Rhythmen erweisen sich als strapaziös. Ich muss üben.

Die Flageolett-Töne bleiben Kurzweil. Sie in einem Stück einzusetzen, einfach zwischendurch, erweist sich als knifflig. Die Saite berühren, die Saite durchdrücken, dann wieder einfach berühren. Ich werde die Schwierigkeit in den nächsten Wochen bewältigen.

Wie verbringe ich eigentlich meine Zeit? Eine Saite an einem gewissen Punkt niederdrücken. Zeitgleich einen Bogen ziehen. Eine Lappalie doch.

Ich vertreibe meine Zeit und denke, draussen, vor den eigenen Türen, spielt das Leben sich ab. Aber hier bei mir und meinem Violoncello geht es in Tat und Wahrheit vonstatten. Mein Holzkasten und ich. Eben da steckt das Leben.

Es fällt mir auf in diesen Tagen, ich bin allzu sehr auf die linke, die Griffhand gerichtet. Und doch ist es der rechte Arm, der die Ausstrahlung der Klänge liefert, ihre Kraft, ihren Geschmack. Meinte C. nicht, der Bogenarm sei Chefpilot im cellistischen Cockpit?

Wie aber steht es in meinem eigenen Cockpit? Der Führungsanspruch meiner rechten Körperhälfte schwächelt. Sie lässt den Celloklängen so viel Abwegiges ein.

Von Unerquicklichem will ich nicht schreiben. Bei all der Anstrengung.

Zwei Wochen vergehen rasch, und noch rascher, wenn zwei unerwartete Aufträge auftauchen (Leporello für eine Klinik, Flyer für eine neue Akrobatikschule im Quinzième), zwei von uns gleichzeitig mit Grippe im Bett liegen, und die Überstunden sich häufen. Trotz allem nehme ich täglich das Cello hervor.

... ein Dilettant, wie er ja selbst sagt. Ein wohlgefälliger Dilettant, dieser Gilles Bastien, der sich leicht in umständlichen Deskriptionen verliert und mich dennoch mit seiner Selbstbesinnung einfängt ...

C.s grosser Abend ist vorbei. Fürwahr: Vor zwei Tagen berichtete der *Figaro* davon, das neue Cellokonzert verlange nach einer Überprüfung der Geschichte des Instruments. Um ein epochales Werk handle es sich, schreibt die Rezensentin, selbstüberzeugt. Gerade der erste Satz mit seinem ungestümen Gestus käme so dringlich daher wie nur selten, ein superbes Konzert, eine leuchtende Erkundung der menschlichen Seele ...

Grossartig. Dreimal nacheinander entschlüpften die Silben Célines ... auch wenn unordentlich eine graue

Regenhaut die Hansestadt verhüllt habe, beispiellos in seinem Glanz sei jener Donnerstagabend gewesen.

C.: … eine funkelnde Wabe, gefestigt auf einem Quader trägt sie die orangebraune Haut der Speicherstadt, schwebend zwischen Wasser und Gewölk, und umschaukelt von Ladekränen und Masten, von Barkassen und Fischkuttern, die Umschlagplätze mit Containern belegt, Schornsteine, welche ihren Rauch über die Landestege hinweg in die Windräder schlagen. Und dahinter, der Horizont, der Einlass in die weite Welt, eben dahin, wo Traditionsgeschäfte mit ihren Marine- und Tropenausrüstungen Exotik versprechen, und Mendelssohn von dannen zog nach der britischen Insel.

Unser Blick aber aus steiler Höhe hinab aufs Parkett, auf die Musiker, die Augen gehalten ins dichte Licht, jenes Licht, welches die ungleich angelegten Trauben von Menschen, die weissen Balkone mit ihren pechschwarzen Brüstungen aus Metall erhellt, ein nachdrückliches Bild scharfer Konturen und tiefer Wölbungen schafft, dieses leichtherzige, zur Musik hinströmende Licht, und es ist, als ob dieses Licht uns mit seiner Geschmeidigkeit, seinem verhaltenen Glanz aufrühren will … und eben in dieses Licht spricht ein Vertreter der Regierung, von Berlin hergereist, vom Befinden des jungen Komponisten erzählt er unmittelbar vor seiner ersten Abfahrt nach Britannien, *überhaupt weiss ich nicht, ob die Hamburger Luft zehrt, oder ob die Köche excelliren, aber ich hungre fortwährend,* der Gesandte scheut nicht das Zitat aus den Briefen, unterstreicht die nicht ganz unwesentliche Rolle der ... *Stadt, wo man über die Austernschalen stolpert, und die Milch in rothen Eimern zum Verkauf trägt* ..., und auch der Bürgermeister schaltet sich ein vor dem Mikrofon, auch wenn schon der Zweijährige im Schoss seiner Familie nach Berlin zog, auf immer die Geburtsstadt verliess, so brach Felix hier auf, hin zu seinen ersten fulminanten Erfolgen in der englischen Kapitale, und wie fügt es sich, fragt der Bürgermeister, dass Hamburg eben den Tag seines Todes mit der Aufführung seines monumentalen Elias gedachte?

C., nicht pausierend: ... aber das Konzert! Die Ouvertüre zum *Sommernachtstraum*, so zart, so behende im Fluss, derweil das Publikum den Fokus auf das Cellokonzert richtet ...

Und?

C.s hohe Stimme färbt die Worte mit Drama: ... die splendide Weite des schottischen Hochlands findet in die Musik, dem jungen Mendelssohn einst ein mehrwöchiges Abenteuer wert, der Name *Falls of Moness* demnach dem Kopfsatz vorangestellt, ein dezidiertes Allegro maestoso, mit seinen eiligen Triolen, so überraschend breit angelegten Läufen gemahnt es an das

Rauschen, an kapriziöses Aufspritzen von Gewässer. Der cellistische Klang wahrhaftig dem wilden Land entzogen ...

Der traditionelle langsame Satz eine Art Kantilene, seltsam, auch da eine Bezeichnung, *Loch Tay*, von unwegsamen Bergketten umschlossen dieser dunkelglänzige See, an dessen Ufer Felix und der Klingemann eines Sommers entlangstreiften, die Musik dann einbrechend in ein beunruhigendes Con fuoco, mit seinem melodischen Reichtum besticht es, und wie delikat die fugierten Passagen unseren menschlichen Geist ausloten ...

Céline redet in einem fort: ... sinnig, so scheint es uns, die dritte Sinfonie des Komponisten als Platzhalter zu wählen, eine kluge Geste, das nachhaltige Wirken der Highlands zu markieren ... wir alle erkennen mit Freude die Zeichnungen des Künstlers, wie aber nur geschah es, dass das Konzert, dieses unerhörte Konzert der Nachwelt abhandenkommt? Verloren im masslos aufgehäuften Papier eines Archivs ...

Wie in der Tat? Filigran und zugleich mit grandioser Wucht höben sich Oboen und Fagotte von den Kontrabässen ab, die Pauken und Trompeten von den Violinen, und wie bravourös meisterte die Cellistin die Herausforderungen der Kadenz ... das Getöse der schottischen

Wasserfälle, ein *reissender Schaumstrom*, schriebe Felix abends am heissen Kamin …

C. weiter: … enorm im Saal die Begeisterung, selbstverständlich. Einmalig diese Premiere. Und doch erstaunlich in ihrer Tragweite musst du bedenken, gibt es da nicht einiges auszudeuten? Noch bevor der Dirigent eloquent die Hände zur Wiederholung des zweiten Satzes aufwirft, der dunkle See ein weiteres Mal in unserer Seele stöbern wird, möchte die Solistin mit einer ach so diffizilen *Caprice* des italienischen Cellovirtuosen Piatti ihr Können nochmals bekunden …

Dieses zufällige Finden einer meisterhaften Arbeit. Zufällig? Warten da nicht weitere Freilegungen auf uns, diese Zuhörerschaft, die ihr vorgelegtes Werksortiment für ausgemacht glaubt … ich hake nach. Würde gern wissen, wann genau dieses offenbar imposante Cellokonzert entstand, und ja, C. blickt noch immer der Erzählung entgegen, wie in Wahrheit konnte es sein, dieses Umherirren eines einfachen Bündels an Noten?

… ein verschwundenes Werk, was erzählt da mein Dilettant, und unser Werksortiment in der Tat kaum ausgemacht … trifft da Gilles Bastien nicht eventuell einen Punkt, auch Theo wird dieser Meinung sein … er, der in der Regel die Dinge doch nüchtern und aus kritischer Ferne betrachtet …

C.: … Piatti, der einst hochgeschätzte Alfredo Carlo Piatti, jawohl! Achtmal schon, dass Mendelssohn, auch als Pianist hoch in Ehren, die britische Insel besucht, umschwärmt wird, nein, umjubelt von musikbegeistertem Volk und Königspaar umschreibt diesen Tatbestand sorgfältiger … bei einem Philharmonic Concert bezaubert der blutjunge Piatti mit seiner Cellokunst den Komponisten … und eine prompte Begegnung löst das aufgefundene Werk aus, so raunt man in Hamburg …

Ja, die *Caprice* als Zugabe, ein diskreter Fingerzeig auf das Entstehen des Stückes … man feiert an der Elbe, Céline fährt in einem Zug fort, in der Pause erfüllt aufgeregtes Geplauder das Foyer, der Nachhall, ein Nachthall doch auch? … der Nachhall des Cellokonzertes zerstiebt im Weiss der Etagen, beglückt horchen sich die Menschen gegenseitig aus … und dann, in einem letzten Zug, erscheinen der Chor, die vier Stimmen, den Saal zu durchfluten mit der Ersten Walpurgisnacht. Ein denkwürdiger Anlass, den nahenden hundertsiebzigsten Todestag des Komponisten zu begehen …

Ich horche auf: Was erzählt sie, meine liebe Céline, der Leipziger Archivar hat den Fund letztlich nicht getimt. Nicht für einen runden Todestag des Schöpfers ist das Cellokonzert in seine Hände geraten ...

C.: ... bloss, wie fand Mendelssohn die Zeit für solch ein Konzert, und ein himmlisches Konzert ist es nicht, in diesen seinen letzten Jahren? Jahre, so unermesslich prall gefüllt, das Violinkonzert, Werke für Singstimme und Werke für Chor, selbstredend auch für das Violoncell, auf dem Dirigierpult steht er, des Klaviers und der Bratsche bedient er sich, und darüber hinaus noch das Leipziger Musikinstitut in Leipzig begründet, das erste in dieser Gestalt auf deutschem Gebiet, gilt es zu verzeichnen, eine Schatztruhe bis heute, dann die fünf Kinder, Umzüge, Reisen auch ohne Ende, Deutschland, London wieder und wieder, wie vieles rinnt durch seine Finger ...

Ein unbändiger, unruhiger Geist, dieser Mendelssohn Bartholdy. Felix? Gleichwohl: Ein Konzert für Violoncello in D-Dur, Opus postum, schrieb er in seinen letzten Lebensjahren. Wir wissen es nun ...

Mit welcher Vehemenz meine Cellolehrerin sich an diese schmale Erkenntnis krallt. Bloss ein gewöhnliches Stück Musik, das wir hören, und die wenigsten Leute wird es erschüttern, ein bescheidenes Rennpferd auf herkömmlichen Pfaden, meine ich doch.

... ein wenig überheblich der Gilles Bastien in seiner Art. Ein bescheidenes Rennpferd, wie plump! Und unklug dazu. Bereits hat es doch eine beträchtliche Anzahl von Menschen erschüttert, wie diese Céline so treuherzig berichtet ...

C.: ... Recherchen laufen, das Programm schreibt es. Eine kritische Ausgabe samt Editorenbericht ist in Aussicht gestellt. Man muss sich gedulden ...

Mein Ausschnitt aus dem *Figaro*. Nicht bloss ein PDF, ein echtes Stück Papier aufbewahrt. Ich entnehme es der schwarzen Schubladenbox, überreiche es Céline. Trotz grossem Lob kaum der Rede wert, doch ...

C.: ... ausgezeichnet. Sie hat recht, die da erläuterte. Ein Glanzstück, und, ja, den genauen Werdegang der Musik recherchieren, eben dies möchten wir tun. Das neue Werk eines Felix Mendelssohn Bartholdy! Welch Abenteuer!

Und eine letzte Bemerkung von C.: ... uns allen fällt auf ... hoch oben, der Decke entlang, schwenkt eine Kamera hin und zurück, ohne Unterlass, den gesamten Abend zu fassen ... wir meinen, das Fernsehen wird sich diensteifrig um eine Spurensuche bemühen, uns diese bald schon vor unsere Augen leiten ...

Nach soviel Palaver bleibt kaum Zeit für den Unterricht. Wenigstens zweimal noch den *Marching Rag* durchgespielt, der bereits besser funktioniert. Das Metronom hilft.

C. will mir in den nächsten Wochen das gedruckte Programm zeigen. Licht in das Dunkel zu bringen, ist C. eine Herzensangelegenheit. Und möglicherweise hat sie nicht unrecht, so scheint es mir mittlerweile, etliche Stunden nach unserem Gespräch. Kann sein, ich war voreilig in meinem hastigen Widerstand. Dieser Unfug, dem man in der Zeitung laufend begegnet …

Das Café war um einiges besser besetzt als am Tag zuvor, kaum ein leerer Metalltisch in Sicht. Trotz Streik. Nirgendwo aber ein dunkelhaariger Kopf, der an Gilles gemahnte, kein brauner Kord. Nach ihm fragen? Auch der Kellner vom Vortag fehlte. Auf einem Hocker bei der Kasse sass eine junge Frau mit einem kirschroten, kurzärmeligen Pullover. Spähte in die Runde und tippte Zahlen, abwechslungsweise.

… in eine unberechenbare Sache lässt du dich ein – der Datenschutz! – einfach wegwerfen, meinte doch Theo … wollte es indes nicht eine Fügung, dass sie den Memory Stick fand? Anaïs, du fantasierst, eine Fügung, wie kommst du darauf!

Keineswegs. Mit dem Besuch des Cafés war sie von Pflicht und Schuldigkeit entbunden. Niemand würde diesem Gilles Bastien je auf die Fersen kommen. Getrost konnte sie wieder in ihren bizarren Bericht tauchen. Keine Diskussion, ich bitte dich.

Die Sonne schien, die Temperatur stieg langsam an, auf dem Gehsteig entschied sie spontan, den Square du Vert-Galant aufzusuchen, diesen Zipfel am Ende der grossen Insel. Mit seinen von Bänken gesäumten Rasenflächen, aus welchen sich eine Trauerweide über das grünbraune Gewässer beugte, war es der perfekte Rückzugsort.

Ja, eben da auf diesem abgesonderten Fleck, unter dem so selbstbewusst auskragenden Himmel, würde sie endlich eine Besucherin sein, eine richtige Reisende, nicht mehr zu den beflissenen Allerwelts-Touristen gehören, die unentwegt den hochgerühmten Schätzen nachjagten. Wenigstens eine Illusion konnte man sich kreieren. Die Illusion eines ziellosen Verweilens, einer herrlich unnützen Beschaulichkeit.

Sie nahm Platz auf einer Bank. Auf beiden Seiten des Flusses ragte der solide Stein der Bauten in den Pariser Himmel hinein, ein weissblaues wild aufgefaltetes Tuch. Den Laptop hervorziehen, wieder zum Text. Was war wirklich Geschichte, schottische Wasserfälle und fortwährend cellistisches Brimborium, nur dunkel erinnerte sie sich an die letzten Passagen, vor allem daran, dass sie fast eingeschlafen war, den Bildschirm auf der Brust.

Ungewohnt, überraschend. Es gibt Momente, da schaffen es meine Finger, nach dem inneren Ohr zu spielen. Man muss sie tun lassen, wie Kinder. Ihnen blindes Vertrauen schenken. Nicht zwingend schauerliche Folgen in Betracht ziehen. Sind sie doch fähig, von allein die Saiten zum Klingen zu bringen.

Und wieder einmal frage ich mich: Ist das Cello mein Sohn, meine Ziehtochter oder nicht doch meine Geliebte?

Das Vergnügen wandelt sich indes, in vornehmer Diskretion, immer mehr zu einem Stück Arbeit. Meine sorgenfreie Liebhaberei in ein tägliches Exerzitium eingewechselt, mal rigoros, ja eisern, mal wieder reines Pläsier, aber nie langweilig, öde. Ein Triumph der simplen Lebensführung!

Geniesse ich mein Cello nicht deshalb so sehr, weil die Noten mich in ein existenzielles Drama hineinziehen? Das Gedruckte transportiert den Spieler in eine lockere Besinnlichkeit.

Noch immer frage ich mich. Die unzähligen Turbulenzen, Land für Land, die Flüchtlinge, unablässig geisternd über den Grund. Und ich? Was bewerkstellige ich bei alldem? Ich kehre den Rücken zu.

Ich verankere den Kopf in eigenmontierte Szenarien, baue mir glücksverheissende Tätigkeiten auf. Das Unbekümmerte, Unabdingliche des Musizierens.

In welcher Manier sollen wir uns Träume fabrizieren?

Gestern, gegen Abend, wieder einmal eine Partie Squash gespielt mit F. Dafür plagt mich heute ein Muskelkater. Ich treibe kaum noch Sport. Allein wegen diesem Violoncello, diesem niedlichen Schosshund, der nicht von mir lassen kann...

Es ist März, kühl, feucht, unwirtlich, das ist Paris, und ich fühle mich erschöpft. Jemand, der unbedingt Teenagers einen Schminkkurs anbieten möchte, andere setzen es sich in den Kopf, alte Klamotten neu zu gestalten, wollen mit zackigem Tempo Ideen bewerben, Mathieu, Jean-Michel und ich, wir diskutieren unaufhörlich.

Und mir fällt auf: Meine Stücke sind nicht mehr ach so leicht, wenn ich es heute nicht schaffe, dann morgen, spätestens übermorgen. Ich bin wieder das Kind von einst und spiele bequem über unsaubere Stellen hinweg, egal, so einigermassen klappt es, und bloss um das Verbinden von zwei oder drei läppischen Noten geht es.

Bei allem Unmut, aller Verdrossenheit gebe ich zu: Es hilft, ein Instrument bereits einmal erlernt zu haben. Ja, man weiss, Kopf und Körper müssen in die

Musik tauchen, das Hirn kapiert vornehmlich übers Ohr.

Mit Klavier besitzt man doch eine Ahnung von seiner Richtung. Ein Kompass, selbstgebastelt und rudimentär, aber generell hilfreich.

Ich darf es getrost eingestehen, eine solide visuelle Stütze bietet die Tastatur: jedem papiernen Kopf wohlordentlich sein eigener Fleck. Jeder Klang sofort in höchster Klarheit dem Auge ersichtlich. Kein zaghaftes Hineinhorchen in eine beliebige Kombination, und jeglicher Abstand dem Kinde begreifbar. Ein Luxus erster Güte.

Die Verknüpfung Saite und Griffpunkt dagegen: gewöhnungsbedürftig in ihrem scheinbar chaotischen Dasein. Diese hauchzarten Verschiebungen der Hand, die sich verbergen, sie entziehen sich vorläufig meinem Blick.

Und es ist nicht als Postskript zu verstehen, wenn ich notiere, dass meine linken Finger vom Schlagen der Tasten bereits ein bisschen eintrainiert sind. Mein, wie ich finde, wohlverdienter Piano-Bonus.

Es geziemte mir, das Klagen über mein pianistisches Training zu stoppen.

... dieser ständige Vergleich musikalischer Gerätschaften. Gilles Bastien verbohrt sich. Vergleiche bringen selten etwas. Klavier ist Klavier und Cello bleibt Cello ... und wie er selbst ja konstatiert, ein vergeblicher Zeitvertreib war ein Training noch nie, keinem von uns ...

Es hilft ganz ausserordentlich, nicht mehr jung zu sein, so fabelhaft jung und selbstherrlich naiv, sind wir dies nicht alle in unseren ersten Jahren? Ich suhle mich in meinem Alter, ein dunkelgraues und doch überraschend ergiebiges Alter, längst nicht mehr das beste Alter, schon zum Gespött gereicht es uns, und ich stürze mich in eine Unternehmung geistraubender Kompliziertheit.

Und doch: Empfinde ich nicht die Zeit, die mir auf Erden verbleibt, als so gedrängt, dass ich, verängstigt, verschreckt, eine zügige Flucht nach vorn antrete? Es sitzt mir ihm Nacken, dieses Alter, trotz Frohmut, trotz vitaler Begehrlichkeit. Lässt sich als unübersehbare Schranke ein, mitten in den kleinen Vergnügungen des Alltags.

Und kein Wunder der Welt wird meinen Gradmesser aufs Neue eichen.

Heute früh, auf der Schwelle zu meiner Wohnung: C. hält das Programm in ihren Händen. Erst aber zum Instrument. Wir besprechen die Tonleiter in h-Moll, auf zwei Oktaven, je nach Kurs melodisch oder harmonisch gebogen. Heikel. Dann wieder dieses Konzert...

C.: ... ein Opus postum, hier auf der Titelseite in eleganten Lettern notiert ... ja, und da steht es schwarz auf weiss, eine Aufnahme erscheint, in diesem Jahr noch, schau, und irgendwann später der Editorenbericht ...

C.: ... ein rechter Jüngling, Alfredo Piatti, als er in London erschien, ein ganzer Künstler bereits, und als in den angesehenen Hanover Rooms der Wunderknabe Joachim auftritt, begleitet vom Meister persönlich, hört er – welche Gunst! –, dass der Komponist aus Deutschland mit ihm musizieren will, ein brandneues Werk spielen ...

C.: ... Piatti selber ist es, schreiben die Leipziger Profis, der vom Manuskript berichtet, eine Schrift, die irgendwann ihres Platzes abkam, einem Seesack, einer Kutsche entfällt, keiner wird es je wissen ... der Cellist jedoch will im Opus kein Meisterwerk sehen: Revidiert, korrigiert, komplettiert werden muss das Cellokonzert, eine Notiz Franz Carl Wittmanns liegt zwischen den Blättern. Der Wittmann ein riesig talentierter Musikerkumpan aus den Tagen von Mendelssohn, der Schumanns ... wie Clara ihn liebte so sehr ...

C.: … zu inspizieren bleibt noch eine rechte Menge, gesteht man in Leipzig. Das Violinkonzert des Meisters im Sommer nach jener Saison in London fertiggestellt … und das Violoncell – ja, das Cello! – kommt nun zu Ehren, so statuiert es das Heft, wohl Paul zu verdanken, dem jüngeren Bruder und Freizeitcellisten …

C. lässt sich nicht unterbrechen: … eine Notiz zu *Falls of Moness*, zu *Loch Tay* … dieser unendliche Horizont der schottischen Wildnis, des Windes eigentümliches Flüstern, aufwühlend und frech … und hier öffnet sich auch der schwarze Rachen des Meeres … offenbaren nicht doch die Schrecken des Wassers, das Drohende der nördlichen Berge die späte Erschöpfung des Künstlers, so wird uns bekräftigt … die Skizzen – ach, diese eindrücklichen Skizzen! – legen dar, wie Felix sich einlässt auf das verwunschen schöne Land … von Edinburgh aus ziehen die zwei Gesellen des Weges, kommen mit Kutsche, zu Fuss oft, nach Dunkeld und seinen Falls of Braan, Blair Atholl, den Pass von Killiecrankie hinüber, gen Kenmore und Crianlarich zu, später mit dem Dampfer Loch Linnhe hinab, und noch einmal später zu den Hebriden, nach Staffa … ihr Herz gelüstet nach Wagnis …

Ich muss Céline ins Wort fallen. Eine lustvolle Reise, zweifelsohne. Und dennoch, erklärt ist damit schlicht gar nichts.

Den Ausschlag zum Werk gab eine erquickende Begegnung mit diesem Piatti, natürlich, aber Céline, meine liebe Céline, was heisst das wirklich, im sentimentalen Ungefähren darf eine rechte Werkermittlung doch nicht hängen bleiben …

C.: … unter starker Anspannung arbeitet der Komponist in jenen Jahren, wie vieles schuf er eines um das andere, Orgelsonaten, Klavierstücke, den *Elias* und seine tüchtigen Chöre, wann kann dem Mendelssohn da Musse bleiben, echte Musse für eine cellistische Herausforderung … ob Felix das Werk in einem Zug schrieb oder einzeln die Sätze, an ihnen über Monate hin feilte, eben mit dem Wittmann sich besprach, keiner versteht es bislang, und ob er später die Schrift nach London per Eilkutsche direkt dem etablierten Verlag Ewer & Co. zukommen lässt oder doch Alfredo Piatti selber anschreibt, womöglich mit Klingemanns Hilfe? Einzig von Annahmen, von ungewissen Hypothesen spricht das Programm…

Ich, beherzt: Nicht auszuschliessen, Mendelssohn behielt eine Uraufführung im Gewandhaus im Auge.

C.: … du meinst, mit Servais, dem Belgier, mit dem er einst auftrat?

Ich wieder: Unzweifelhaft eine Möglichkeit, eine cellistische Premiere zu feiern …

... diese Céline, Gilles Bastien himmelt sie an. Wort für Wort ihre Schilderungen niederzuschreiben, wofür vergibt einer seine Zeit. Aber die Umstände der Komposition, ihr Schlittern zwischen den Städten ... ja, ein unberechenbares Metier, diese Kunstmacher ...

C.: ... der Fund. Dieser unerhörte, wahnwitzige Fund im Leipziger Alten Grassimuseum. Ein Archivar, aus Zufall stösst er unter grellem Neonlicht in einer Flucht von Regalen auf eine musikalische Handschrift ... ihr Urheber mag seine Schrift Hermann Härtel zugeschickt haben für die baldige Publikation ... ging sie dann unter im Nachlass des Felix, oder überbrachte sie später seine Familie oder gar Piatti selber dem Becker, dem grossen Kollegen?

C.: ... von den Wirren des Krieges ist die Rede, welche die Stadtbibliothek schwer trafen, von Umzügen auch, zwingenden Sanierungen geschuldet ... nicht wenige Schriften entglitten in jenen Wochen und Monaten der Öffentlichkeit ... die Echtheit der Partitur sodann verifiziert, wird geäussert, jeglicher Verdacht auf Stilfälschung indiskutabel. Mendelssohn, ein Romantiker der Musik, der das Cello mit dem Glanz seines Geschwisters betrauen will, was sagst du dazu?

Ich ziehe C.s Gedanken auseinander: Ja, tatsächlich, das lässt sich behaupten: Hätte das Werk einst schon ein Publikum entdeckt, welche Wirkung wäre geschehen? Diese Ängste der Komponisten, wo wären sie geblieben, denn wenn der Mendelssohn es schafft, dem Violoncello orchestralen Rückhalt zu geben, werde ich es vermutlich ebenso schaffen ...

Wir brechen unseren Aufschluss noch ein bisschen stärker auf, ja, auch andere Meister hätten sich einer konzertanten Bassgeige vermehrt angenommen, ein Brahms oder ein Chopin, die Idee bedarf keiner ausgefallenen Fantasie, wir sind uns da einig, und dann gleiten C. und ich unversehens in den Unterricht ...

... ein Amalgam an Zufälligkeiten, diese Story ... oder doch Schicksal? Ich muss es Theo erzählen, er wird von der Premiere gehört haben. Vieles liesse sich spekulieren, was alles sein könnte mit diesem ehrenwerten Konzert ...

Am Sonntag fand unser traditioneller Familientag statt. Maman und papa, weiterhin rüstig. Ihr Gigot kaum schwer genug, der Tisch aufgebläht mit Ausrufezeichen, Befragungen. N. und R. mit den Jungs. Alle wollten sie von Maddie wissen. Noch immer. Was aber will ich erzählen. Maddie liegt bloss fern in meinem

Kopf. Und mein gegenwärtiger Drang wäre ihnen eine Schimäre ...

Nach einigen Tagen, an denen das Üben schwer auf mir lag, und unruhig, die Klänge bloss mit Mühe aus den Saiten kamen, geht es jetzt wieder sorgloser.

Hie und da, dezent wie ein Sommerkäfer, fliegt mir eine Quint oder ein geschmeidiges Legato zu. Ein, oh nein, *mein* winziger Triumph.

Ich will mich nicht einschüchtern lassen. Auch wenn die Musik mir laufend entwischt.

Die Schwerelosigkeit des Klangs. Seine einfache Schönheit.

Ich komme wieder einmal ins Sinnieren. Diese aberwitzige Elektronik. Welche Menge an Hörproben und Sehproben, an Ausdeutungen und Botschaften auch, lässt sich dieser Tage innert kürzester Frist eintreiben, der Rhythmus ungnädig und beispiellos, welche Entfernungen im Cello-Dickicht auskundschaften, und gleitet denn wirklich ein Mass an Wissen in unseren Besitz?

Poppers *Spinnerlied* letzte Nacht. Schwindelerregend. Die magischen Hände von Emanuel Feuermann. Ein Weltkulturerbe, meint Céline. Ein deutscher Kritiker hat ihr davon erzählt.

In der Tat, eine globale Bibliothek wird erschaffen. Diese polierten Namen in unserem Netz, stehen sie nicht für ein ökologisches Wertmagazin? Einfach grossartig. Und zugänglich auf jedem Fleck des Planeten.

... ein Idealist. Eine glückliche, gediegene Logik spricht aus dem Gilles. Wie soll da ein Musiker sein Brot noch beziehen. Bei der Fülle an exzellenten Musikern. Und die alten Stars, doch ganz gut halten sie sich noch aufrecht ...

Ein Knistern. Sanft schlängelt es sich in mein Ohr, derweil das Plattencover unsere altbewährte Technik anpreist. Und einen menschlichen Atem vermeldet. Der alte Stolz auf meine Stereoplatten, wo steckt er in diesen zifferngesteuerten Tagen? So schlecht war er nicht, dieser Schellack.

Ist es nicht so, wir erproben bloss wenig das Anschaffen all unserer Kenntnisse, nutzen Pausen kaum aus. Geradezu ein lächerliches Gehabe. Und dennoch welche Gabe, diese Häufung an Werkstoff. Die Büchereien, undurchsichtigen Läden, die zu stöbern wir uns veranlasst sahen, kaum dem Schulzimmer entgangen. Ich kapiere erst jetzt: Fiel uns nicht eine eher magere Beute zu?

Aber ja, ich wage den Satz: Eigentlich ist das Violoncello ein nicht erkundeter Staat. Der Staat einer überdimensionierten, distinguiert-fürstlichen Violine, populär und fremd zugleich, ein angemessener Baedeker steht noch aus.

… das Violoncello, die schöne Unbekannte. Ein jeder schwärmt von ihr, lässt sich bezaubern, und keiner weiss besonders viel. Gilles Bastien, er trifft einen Punkt. Das Beschauliche? Für nichts ist es gut, rein nichts, so nüchtern erklären wir uns die Tage …

Bald wird es ein Jahr her sein, dass ich ging, ein Cello zu mieten. Ein glückliches Jahr? Ein verschwendetes Jahr? Aber wie kann ich nur an Verschwendung denken, wenn ich das Cello so gut wie täglich zwischen meine Knie nehme? Verschwendung ist Leere, und Leere bringt um.

Ich aber, ich lebe heftig.

Gefahr. Ich riskiere überheblich zu werden. An vermeintlicher Grossartigkeit meine cellistischen Würfe zu verlieren, meine Kleinkunst mit Lust, auch Ambition in die Enge zu treiben. Sind doch die Klänge in ihrem melodischen Gestus eindeutig und hell. Und dies bringt mich in Not: Ich weiss, ich spiele korrekt. Kein Klang absonderlich, geschweige denn mangelhaft.

Nichtdestotrotz, wo stecke ich im Dickicht der Druckertinte, im seligen Prunk vom Notentext, frage ich mich, den Bogen fest in der Hand. Das Drama bleibt hängen, irgendwo zwischen diesen untadeligen Linien. Ich zweifle. Was wird mich auf eine Fährte holen? Welche Finte bringt mich zu einem nur scheuen Ausdruck der Seele?

Dass wir in eine musikaffine Präsidentschaft gestolpert sind, gereicht uns indessen zur Ehre. Was sagten bloss Berteau und die Brüder Duport hierzu? Die Sonne zeigte sich denn auch am Wochenende, und ich schlenderte der Rue de Seine entlang. Spazierte über den Pont-Neuf und geriet dabei unversehens aufs andere Ufer ...

... eine Spur, fast schon kriminalistisch, hier also, direkt vor meinen Augen, ist mein Gilles vorbeispaziert. Recht genau vor einem Jahr, lässt sich vermuten. Da drüben, über die ehrwürdige Brücke hinweg, geht er, sein Schritt inmitten der Zylinder, Melonen, schwarz gediegenen Roben, begleitet von Drehorgelspielern ... aber gib Acht, Gilles Bastien, am Beschaulichen bleib unbedingt haften, nur das ist deine Richtung, ja, deshalb willst du ein Spiel treiben, und die Musik wird sich einstellen, meine ich ...

Dieser alte Redner, ein Kauz doch. Monate bereits her, dass Luigi Tarisio mir aus dem Sinn geriet. Und dieses andere Genie des Universums, das zweite T., wen meint er damit? Was sucht man uns nicht alles vorzulegen, eine weitere Abschweifung in tiefe Historie. Und, wird sie es wert sein?

Lassen Sie uns über François Xavier Tourte sprechen, Mesdames et Messieurs, diesen Stradivari des Bogens, wie doch der Meister aus Paris dieser Tage oftmals benannt wird.

François Xavier Tourte: Ein Könner wie kein anderer, dessen Hände und Augen geradezu mit göttlichem Sinn versehen waren, dessen phänomenaler Erfindergeist es ermöglichte, das Klanguniversum der Streichinstrumente in ihrem vollen Masse überhaupt auszuschöpfen.

Bald ein halbes Jahrhundert nach L. T. wurde François Xavier Tourte geboren, erlebte demnach die Französische Revolution und deren Folgen für Handwerker in ihrer komplexen Vollständigkeit mit.

Ob sich, möchten wir hier in Klammern anfügen, diese zwei leidenschaftlichen Adepten ihres Schaffens je begegnet sind, ist uns zu unserem Leidwesen nicht bekannt – nicht ausgeschlossen aber, dass es im Atelier des grossen Vuillaume zu einer Bekanntschaft gekommen ist. Als historischen Geigenbau-Gipfel wäre eine solche zu bezeichnen!

Doch bleiben wir bei F. X. T. Lassen Sie uns in den kommenden Minuten auch in seinem Fall das Garn der

Historie einziehen. Unserem zukünftigen Bogenmacher widerfährt zunächst einmal das Unglück, dass er bereits mit sechzehn den Vater, er hat sich mit Bögen ein kleines Renommee erarbeitet, verliert.

Wenigstens ist es François Xavier vergönnt, bei seinem älteren Bruder Nicolas Léonard zu arbeiten. Nahe des Louvre, im lieu privilégié der Quinze-Vingts, geht dieser Letztere als Bogenmacher einem Erwerb nach. Bloss, welch eine Enklave hatte die königliche Obrigkeit da designiert: die Handwerker bei Bedarf den Zünften eine Entlastung, zuweilen unerwünschte Konkurrenz. Erstaunlich, aber wahr: Unsern vortrefflichen Bogen, der heute aus eigenständiger Kraft die Aufmerksamkeit höchstangesehener Spezialisten zu finden vermag, betrachtet das Ancien Régime bloss als untergeordnetes Accessoire! Eine Massenware, häufig in den dunklen Ateliers der Stadt hergestellt: ein gravierender Mangel an Wertschätzung eines essenziellen Gegenstandes in der Welt der Musik, wir sind uns darin einig, nicht wahr?

Glauben Sie mir, kein Zuckerschlecken war das Leben für die Menschen, die sich zu diesen Zeiten in den Dienst der Schönen Künste stellten: Sechs Tage die Woche, von frühmorgens bis spätabends schufteten sie, karrten ihre Ware durch die glitschigen Gassen zu einer Werkstatt oder einem wohlhabenden Kunden, unter dem kümmerlichen Schutz einer Gaslaterne und ohne die Bequemlichkeit unserer Métro geniessen zu dürfen.

Verehrtes Publikum, bitte machen Sie sich nichts vor: Man sagt vom späteren Meister, er sei des Alphabets nicht mächtig gewesen. Es stimmt, ihm fehlte jegliche Kenntnis der komplexen mathematischen Prinzipien, gemäss denen seine legendären Bögen entstanden.

Eines jedoch zählte: Sein weitsichtiger Vater hatte den Jüngling eine mehrjährige Ausbildung als Uhrmacher durchlaufen lassen, und das auf hohe Präzision ausgerichtete Handwerk eines Horloger verhalf François Xavier zu einer neuartigen Konzeption des Bogens, lehrte ihm im Speziellen auch den Umgang mit Metall.

Gewichtige Wandlungen standen in unserer künstlerisch so dezidierten Stadt an: In diesen ersten Jahren von T.s Wirken besuchten mehr und mehr Menschen musikalische Darbietungen, es wurde nach grösseren Sälen verlangt. Ein scheinbares Detail kann ich Ihnen deshalb nicht ersparen: Seitens der Spieler musste ein kräftigerer Klang her.

Wie recht hatte doch der überaus verehrte Solist Gian Battista Viotti, wenn er zu sagen pflegte: *Le violon, c'est l'archet*! Ohne angemessenen Bogen weder ein überzeugender Vortrag noch eine anspruchsvolle Technik! Zunächst versucht sich unser ambitionierter Lehrling in enger Zusammenarbeit mit Bruder Nicolas an Bogenstangen aus – vermutlich für Weinfässer gedachte – Dauben aus Billigholz.

Welche blendenden Gaben waren F. X. T. zugedacht worden! Ein delikates Tastvermögen, die Hände perfekt aufeinander eingespielt, ein traumhafter Spürsinn für hochwertige Materialien und, nicht zuletzt, einzigartige Augen. Beneidenswert solch ein Bündel an Talent ...

Nachdem T. über längere Zeit hin mit verschiedenen Holzarten experimentiert, wird er fündig: Pernambuco, ein teures Rotholz, kann mittels Hitze gekrümmt werden und erlaubt eine konkave Bogenform – ein Novum im Geigenbau!

Leicht und elastisch war es, dieses Fernambukholz, ein grandioser Fund ... unmöglich, François Xavier der Faulheit zu bezichtigen: Ganze acht bis zehn Tonnen Gefälltes muss der Bogenbauer durchforsten, so heisst es, um ein brauchbares Stück Holz zu finden.

Staunenswert die Innovationen. Unser Kunsthandwerker bringt neu etliche Teile aus Metall ein, allen voran die Zwinge, welche es ermöglicht, die Haare des Bogens gleichmässig zu verteilen. Im Gleichen verjüngt er den Radius, legt das perfekte Mass für Längen und Breiten fest. Sie kennen die achteckige Form, die der Bogenkünstler den Stangen zu geben liebte: Sogar Bernhard Romberg besass zwei dieser oktogonalen Bögen. Nicht zu schade war sich der berühmte Cellist.

Meine Damen und Herren, ich bitte Sie, das folgende Bild vor Ihr geistiges Auge zu holen: Bernhard Romberg im Quartett spielend, neben ihm sein Freund Ludwig van Beethoven, die Bratsche auf dem Arm. Wird den Komponisten die Länge des Tourte'schen Bogens, seine innovative Biegung nicht beeindruckt haben? Verleitet, lange, spendable Melodien frisch einzuflechten?

Diese Frage sei mit Verlaub geboten, auch wenn wir sie heute kaum mit nüchterner Präzision beantworten können.

Gerne werfen wir hier eine Anekdote ein, gerade im Hinblick auf die kompositorischen Möglichkeiten, die sich nun dem Titan der Musik offenbarten. Es wird überliefert, Romberg empfand, trotz der Freundschaft, die ihn mit Beethoven verband, solch ein Unverständnis für seine Musik, dass er das Angebot des Komponisten, ein spezielles Konzert für Violoncello zu schreiben, schlicht ablehnte. Ein Gerücht, böses Gerede, oder am Ende doch eine wahrhaftige Anekdote?

Beethoven begrub denn seine Idee auf immer. Wir trauern.

François Xavier Tourte war in seiner Seele ein Künstler. Kein Bildhauer, eher ein Tongestalter, ein Klangbauer liesse sich sagen, dessen Ansprüchen die edelsten Materialien allein gereichten, Mauritius-Ebenholz und vornehmes Schildpatt für den Frosch, Silber und Gold für Schub und Zwinge, die Bögen wahrhaftig ein Kunstwerk! Und bloss folgerichtig, dass das neue Conservatoire ein gewichtiger Kunde von T. wurde: Noch als hochbetagter Mann sollte F. X. T. in einem eigenen Atelier arbeiten – nämlich am Quai de l'École, eben an jenem Ort, den später unsere Samaritaine übernahm ...

Ich möchte betonen: Dass die einheimische Violoncell-Schule gerade auf die Bogentechnik solch ein Gewicht legt, ist kein Zufall, glauben Sie mir: Welch ausserordentliches Experimentierfeld schufen zu jener Zeit die Geigenbauer, die Bogenmacher nahe der Rue Croix-des-Petits-Champs! Was verdanken wir nicht alles Jean-Baptiste Vuillaume und Georges Chanot, den Herren Gand und Bernardel ...

... zugegeben, nicht so schlecht, dieser Abriss, mein Gespött muss ich im Zaum halten ... und dennoch eine kuriose Idee von Gilles Bastien, diese Ansprache auf einen Memory Stick zu kopieren. Berührend. Bogen fabrizieren, vor scheint's malerischer Kulisse, dieses unvergleichliche Metier, und wird nicht auch den Felix der neue Bogen gereizt haben ...

Nach Tarisio, F. X. Tourte. Copy/paste mitten im Satz. (Ich bemerke meine Schlampigkeit erst jetzt. Im Büro passierte mir solch ein Lapsus nie und nimmer.) Dieser gängige Dünkel indes, wie leicht nehmen einige Leute T.s Namen in den Mund …

T. und T.: beides obsessive Geister. Ihre masslose Schaffenslust, die Entschlossenheit … falls der Redner in seinem Wortschwall nicht doch ein wenig fabuliert (oder ich seine schwülstigen Worte allzu gewichtig auf die Waage lege). Den Abriss noch einmal lesen, spät nachts, in aller Ruhe.

Ob C. es auch so sieht, der F. X. verdiene mehr an Prominenz? Vielleicht eine Bibliothek aufsuchen, recherchieren? Das Pompidou, die Cité de la Musique oder sonst wo. Zuviel aber der täglichen Fron. Ich ziehe mich ohnehin schon allzu weit in diese Cellodramen hinein.

Augenfällig will ich in meiner elektronischen Parlierstube doch festhalten, wie verwickelt der Gebärvorgang der cellistischen Gerätschaften erscheint. Keine weisse Flugzeugspur am Himmel, kein sauberer Erzählfaden, mit bitterem Anfang und glücklichem Ende, oder umgekehrt mit frohem Anfang und unglücklichem Ende, dies wäre schon gar nicht zu verkraften, und so unglaublich viel Musik ertönt heutzutage, auch wenn ihre Säle auf schwankendem Boden stehen. Sagen die Kenner.

Ein Klacks. Ja, das sind sie doch, ein dürftiger Klacks diese paar Cello-Jahrhunderte, betrachte ich das in komplizierten Schlaufen verfertigte Collier der Errungenschaften unseres Planeten. Läppisch.

Céline sieht es vermutlich anders. Sie pocht laufend auf die unerhörte Vielstimmigkeit der Geschehnisse. Ich will sie nicht brüskieren.

Morgen früh um neun wird sie wieder neben mir sitzen, meine reizende C., die sosehr sich um mich bemüht. Ich halte es schriftlich fest, mir mit all ihrer Grosszügigkeit, unvergleichlichen Passion, die tausenderlei Kunstgriffe und Finessen, welche noch dem kleinsten Lehrling des Violoncellos vertraut sein sollten, zu lehren sucht. Im Gegensatz zu meiner Person nie auf die Idee kommt, ich könnte mich doch ebenso gut einer anderen Beschäftigung zuwenden, Kochkunst oder Kino, ganz normal, wie alle Welt es tut, der Chor der Neunmalklugen und Daseinsgewandten.

Nicht einmal auf das Klavier, das da noch immer ausharrt, blickt sie. Allein das Violoncello zählt, ist ihr untadelig genug.

Aber nach was fahnde ich bloss, ich patziger Zyniker, miesepetriger Querkopf, mit meiner glänzenden Holzskulptur, dieser unnachahmlichen Musik-Box?

Das Cellokonzert von Felix Mendelssohn Bartholdy. C. und ich, wir brechen in eine cellistische Diskussion.

C.: ... dem Mendelssohn-Werkverzeichnis vorläufig nicht zugeordnet, interessierte Kreise halten die Vergabe eines MWV O 15 offenbar für abwegig ... drängt sich aber die Listung eines konzertanten Werkes nicht auf, notiert findet sich das Stück bereits in etlichen seriösen Schriften, heuer sogar im elektronischen Netz zu sichten ... *Lost in transit*, so liest man, leere Vokabeln, keinerlei Widerstand in ihnen geborgen ...

Ich: ... will heissen, die Papiere gingen im Postverkehr verloren, so einfach. Verschollen das Werk ...

C.: ... und gleichfalls verschollen der Gedanken hieran ... unsere Gilde gibt zu, trotz der betörenden Lise Cristiani, der Piattis und Franchommes, und, unvergleichlich jawohl, ein Karl Davydov aus Russland, ein David Popper aus Böhmen, an eine cellistische Romantik glaubte noch keiner so recht ...

Ein pointierter Einwurf von mir. Ich will unsere Debatte erfrischen und richte den Finger auf jetzt. Diese unerquickliche Schweigepflicht vor der Premiere: dass eine Furcht vor unlauteren Profiteuren spielte, liegt auf der Hand. Meine Meinung: Authentizität auf Herz und Nieren zu prüfen, bleibt zwingend ... ein gefälliger Zeitraffer, der Fund! Und ich behalte das Wort noch für einen Moment, wurde doch unlängst eine verlorene Abschrift von Felix grosszügig versteigert, ein Jahr nur nach der schottischen Reise niedergelegt ...

C. weigert sich, auf meine Einsicht einzugehen: ... von Staffa weiss das Programmheft, dieser einsamsten aller Inseln, mit ihrer *ungeheuren* Fingalshöhle, *ganz ganz zwecklos für sich allein daliegend*, berichtet Carl Klingemann, wogegen sein *ReisePechbruder* dem Unmut des Meeres erliegt ...

C. in einem Zug fort: ... dass *die Stille durch den Lärm durchklingt*, notiert Felix, *Loch Tay* bringt sie prächtig zur Geltung, diese Stille in selbstvergessenem Moll ... und nimmt den bitteren Abschied von Fanny, der Schwester und hochtalentierten Gefährtin, ja auch die eigene Erschöpfung vorweg ... wie hoch achtet der Musiker die erdige Wärme in seiner Kadenz!

C.: ... aber was wissen wir schon über das Werk, so lange aus sämtlichen Händen entschwunden, ein

Versuch der Entschlüsselung wird jämmerlich bleiben. Ein Gedanke indes, die Musikologen deuten es an: Wird der Komponist nach Piattis ungünstiger Einschätzung nicht den Franz Carl Wittmann um Beratung ersucht haben, um das Werk dann in einem raschen Zug abzuschliessen? Später: Breitkopf & Härtel – eine Auskunft könnte man beim berühmten Verlag freilich erbitten! – ausserstande, das Skript zu veröffentlichen, übergibt es in Leipzig direkt der Bibliothek …

Endlich schweigt Céline.

… das erwähnte Notat dieses Wittmann, freimütig geben sie zu, nichts zu wissen … indes muss es damit eine Bewandtnis haben, oder bin ich, die stets zweiflerische Anaïs, zu argwöhnisch gesinnt?

Und ich greife zu Cello und Bogen. Eine Stunde Unterricht.

Meine talentierte Céline schlägt mir eine passende Übung vor. Mit dem linken Zeigefinger alle Klänge einer Skala greifen, von unten gen oben, oben gen unten, den Klangraster auf dem Saitenquartett zu fassen. Denn auf die Klangvorstellung kommt es an. Am Kopf ist es, den Klang zu packen, sodann folgt das entworfene Spiel.

Diese Vorstellung des Klangs, ist sie nicht allem wesentlich, mit dem wir uns befassen? Hand und Hirn in Einklang zu bringen.

Und das Herz? Das Herz fehlt noch. Meine Musik.

Im Augenblick, schon bald ist Mitternacht vorbei, rekapituliere ich meine cellistische Existenz. Suche erneut zu verstehen, in welches blubbernde musikalische Gewässer ich da gerutscht bin. Unversehens, unbeabsichtigt, ich muss es zwingend betonen, weiss nicht, wie es geschah. Aus was für einer aufgeschwellten Stimmung heraus, mit welcher unsinnigen Skordatur.

Ich frage mich: Gehe ich noch immer meines Weges?

Man schreitet durchs Leben, mit Cello, ohne Cello. Versucht umsichtig auf der Balancierstange zu bleiben, da kann ein Cello doch helfen ...

Ein Nachtrag, zum Cellokonzert. Für kläglich hält Céline unsere Unwissenheit, was ist kläglich indes an unseren honorigen Proben, den Mendelssohn zu deuten? Des jungen Italieners skeptische Worte vermutlich nicht ganz so direkt zu nehmen. Sein Kommentar doch schlicht einer längeren Auslegung entrissen.

Dass der Musiker keine Mühsal der Welt scheute, ein Werk auszufeilen, beweist eben die Sinfonie, die Schottland auslöste. Vom Violinkonzert ganz zu schweigen. Ein Sinn kann sich ergeben, absprechen wird mir das keiner.

Aber von Neuem bereits wieder verliere ich den Faden meines Spiels. Auf die zweite Lage folgt die dritte Lage. Diese minimale Verschiebung der Hand, hoch, dann wieder hinab. Was steckt nicht alles an Unwissenheit in einer winzigen Abart.

Und merkwürdig. Als ich mich erstmals mit jener fremden Bewegung versuchte, hob sogleich jede Note meiner Melodie tadellos an. Ein Geschenk. Dieser Eindruck indes voreilig entstanden: Ich muss tiefer, beherzter noch in meinen Wechsel hineinhören, strenger die Platzierung der Kuppen zensieren.

Die Knochenarbeit wird sich durchs Jahr ziehen.

Das tägliche Üben. Eine halbe Stunde, kann sein wenige Minuten darüber hinweg, verbringe ich jeweils mit meiner Bassgeige. Samstags, sonntags zieht sich das Spielen sogar in eine komplette Stunde hinein. Mein höchstpersönlicher Luxus.

Weiterhin in der Frühe, beim allerersten Kaffee. In diesen Wochen bricht bereits das Licht des Tages in meine Stube. Ein schmaler Strahl legt sich auf den Teppich, den Stachelhalter nieder, schwillt an, ein Pinsel tüncht lautlos die wollene Fläche.

Zwei oder drei Wochen dauerte der Spuk. Dieses unsägliche Instrument. Wie es mich an sich riss, ein gieriges Raubtier mit bissigen Klauen. Versklavt hat es mich, meine Person komplett in seinen Besitz genommen. Und ich liebte das Raubtier, wurde unfähig, mich zu schützen. Verlor meine Wehrhaftigkeit.

Dennoch, wundersam und glänzend bewegt, im warmen Licht der aufsteigenden Sonne schlich das Gespenst schliesslich an mir vorbei.

Es naht wieder ein Sommer, und wieder sehne ich mich nach einer mehrwöchigen Pause. Das konstante Lernen ist kein gratis Angebot. Was habe ich nicht alles in mich hineingestopft, aussortiert, verknüpft, zurechtgebogen. Unentwegt, als gelte allein das Gebot der Geschwindigkeit.

... und ich? Ich sitze auf einer einsamen Bank auf dieser Insel, stopfe diese Zeilen in mich hinein so wie mein rastloser Franzose seine Noten, eben als gelte allein das Gebot der Geschwindigkeit. Und ich wollte mich doch der Beschaulichkeit verschreiben. Eine Pause muss her, ein cellistisches Komma ... mein letzter Nachmittag in der Stadt, morgen wieder bei meiner Sippe. Noch ein kleiner Rest und ich mach mich auf den Weg …

Heute habe ich mich von C. für die nächsten Wochen verabschiedet. Schluss für den Moment. Erholung ist angesagt. Für mich und auch für meine Lehrerin. Morgen, Freitag, kommt das Cello wieder in die Tasche, und die Tasche auf den Schrank.

Vielleicht sollte ich nach dem Sommer doch mein Tempo drosseln. Klug mein Steckenpferd ein wenig zurückhalten.

Aber vorerst wieder eine Woche Lubéron. Und ein paar Tage am wilden Atlantik: Wellenreiten mit meinen ebenso wilden Neffen. Wurde mir schon vor Wochen angekündigt. Indes keine so üble Perspektive. Ein Surfbrett unter den Füssen, ein hochwillkommener Wechsel.

Von Museen hatte sie vorerst genug, spürte sie, einfach planlos durch die Steine, die gediegenen Fassaden schweifen. Für einen kurzen Moment zog sie eine Fahrt mit einem Mietrad der Seine entlang in Erwägung, die breit beworbene App hierfür aber extra herunterzuladen, bloss eine verstörende Komplikation. Lieber sich auf die eigenen Beine verlassen.

Um ein Haar wäre sie dann doch ins Carnavalet gegangen, beliess es aber und knabberte dafür draussen an einem Salat, Chèvre und Nüsse, ihr Tisch geschützt von

Arkaden. Noch einen Anruf tätigen in die Praxis, die zusätzliche Therapiestunde für den tamilischen Buben zu bestätigen. Eben da, sie legte gerade ihre Tasche über die Schulter, surrte das Handy. Theo. Den Aperitif sei er gezwungen abzusagen, schrieb er, ein Gespräch habe sich eingeschoben, des Vertrags wegen, das Restaurant aber, klar, er freue sich noch immer.

Der Abend ein Stück weit gekürzt. Wich er ihr aus, was war? Andererseits – nicht so schlimm Theo, so blieb ein bisschen mehr Zeit für den Stick. Sie tippte zurück, gelbe Emojis, ein rundes Lächeln mit Herzchen, den Daumen nach oben.

Der touristische Zeitvertreib stahl sich dann doch in die Stunden, ein oder zwei Galerien spontan beäugt, Shopping, eine tannengrüne Lederjacke anprobiert, wenn auch nicht gekauft, der Tag füllte sich von alleine. Solch eine leichte Musse gab es sonst nicht, für niemanden eine angemessene Portion Protein oder Kohlehydrate erdenken, kein Fussballtraining mit verschobenen Sitzungen koordinieren.

Sie schlenderte im Zickzack durch die Häuser, Richtung Jardin des Plantes. Als der Himmel begann, sich dunkel zu verfärben, beschloss sie, ihr Zimmer aufzusuchen. Noch ein weiteres Mal aufrecht auf dem Bett sitzen, ein Kissen im Nacken und der Laptop auf dem Schoss, sie zog den Bettüberwurf über ihre nackten Füsse. Das Wolkenspiel hinter den Scheiben blieb geschäftig. Sie riss ihre Augen los.

Teuflisch, diese erste musikalische Nachsommerzeit.

Nach fünf Wochen Pause erstmals wieder der Notenständer aufrecht vor mir. Ein Heft hingelegt, beliebig aufgeschlagen. Ein ukrainisches Volkslied. Ein Schock: Mein Hirn ist entleert. Das Notenbild zu weiten Teilen unverständlich geworden, ja abstrus, diffus, wo greife ich ein *G* auf der zweiten Saite, wie kriege ich auf der ersten Saite ein einfaches *f* hin, was ist mit dem Bogen zu tun. Nichts weiss ich mehr. Fast nichts.

Und meine Hornhaut am Zeigefinger links ist auch dieses Jahr weg.

Wie grosszügig war ich um mein Wohlbefinden besorgt. Und bezahle derweil die Zeche.

Welch ein Ende für eine so glückreiche Pause. Das aufwühlende, salzige Wasser, der weiche Sand und der Duft von Rosmarin, Eukalyptus. Das Beschauliche des Sommers verflüchtigt sich so unerhört schnell.

Ein simples Notenbild muss her, ein Lied aus den ersten Anfängen. Ich stütze mich auf mein Gehör, die Finger finden die Töne bloss schleppend. Ich schaffe es, eine Quint zu hören. Noch immer.

Meine Rettung.

Täglich mit meinem Violoncello ein konzentrierter Arbeitsbeginn, noch bleibt das grafische Pensum bescheiden. Nach wenigen Tagen finde ich zurück in mein Notenheft.

Mit gestärkter Selbstsicherheit will ich behaupten. Denn unvermittelt sehe ich ein: Der Bogen muss mehr Gewicht fassen. Und schlagartig gewinnt der Celloklang an warmer Fülle.

Eine frohe Erkenntnis.

Und beschliesse dennoch den Unterricht fortan zu reduzieren. Ich muss mich mässigen. C. wird kaum begeistert sein.

Die Hitze drängt sich derzeit resolut in jede Beschäftigung ein, umwickelt sie aufdringlich Stunde um Stunde. Vom Badezimmer aus erspähe ich verblühte Rosenbüschel, rostbraune Wuschelköpfe, die vor dem Backstein hängen, welches Präsent in diesen Spätsommertagen, so unerwartet treffen sie ein, und wie sie wegschleichen, bescheiden und ganz ohne Aufruhr.

Die sperrigen Kopfhörer auf die Ohren gepresst verfolge ich spät in heimlicher Dunkelheit einen Notentext, der Bildschirm von meinem Portable lässt Debussys Quartett aufrauschen.

Wieder lasse ich mich in den Sog der Musik gleiten, laue Luft räkelt sich vorbei am Mauerwerk.

Und stets aufs Neue in meinen wachen Nächten der Musik von F. M. B. lauschen. Arte soll bald eine Doku liefern. Schon in wenigen Wochen. London wurde eigens aufgesucht und die beachtliche schottische Weite, verkündet die Vorschau, noch ein weiteres Mal will ich das Cellokonzert aushorchen, den unerhörten polyphonischen Drive dieses Con fuoco ...

Kein kleines Glück wurde unseren Generationen zugeteilt, denen gegeben ist, so unterschiedlich gestrickte Musik zu hören. Hinter digitalen Kulissen verzieht sich jede Musik (verzettelt wäre anmassend, frech), doch möchte ich anfügen: Unsere musikalische Neugier tippelt heute weiter und weiter in unerprobte Hallen – und nicht so übel erscheinen mir diese, auch wenn sie uns erst mal unfreundlich vorkommen.

Wo genau aber die Zunft der Musiker ihre Ware bieten mag, ist mir nicht wirklich fassbar. Unter elegant geschwungenen Dächern, auf vernachlässigten Stegen, wie unübersichtlich sind sie doch, all diese musikalischen Unternehmungen.

... dieser Gilles Bastien, nicht unbedingt der geborene Optimist. Glaubt er an eine Zukunft? Egal, wie sie sich präsentiert, wer will es schon wissen, wo und wie die Menschen gern lauschen ...

In wenigen Tagen wird Céline mich wieder besuchen und mein Cellospiel frischen Schwung erhalten. Auch bei eingegrenzter Lehre. Die schwüle Hitze klingt nun ab, dafür gewinnt das Arbeitsgetriebe an Tempo. Mails brechen herein, die Aufträge mehren sich wieder. Der Alltag, wie er uns jeweils aufwartet.

Die erste Cellostunde nach der langen Pause, quel plaisir. Bereits wartet C. auf mit einer Neuigkeit. Kein musikgeschichtlicher Umsturz dieses Mal: Ein Lederwarengeschäft aus dem Seizième will ihr ein Cello ausleihen. Ein authentisches italienisches Violoncello aus dem Settecento, seit über dreissig Jahren in Familienbesitz, sagte man ihr. Céline schwebt. Ein Mäzen ist ihr gewogen.

Und dank dieser gutherzigen Laune des Schicksals komme auch ich zu cellistischen Ehren: C. hat sich nämlich entschlossen, nach reiflicher Überlegung, wie sie meinte, mir ihr eigenes Cello anzuvertrauen. Zumindest für ein paar Monate.

Ein Cello aus anonymer Mirecourter Hand in meiner Obhut. Ja, auch mir fällt die Gunst des Schicksals zu!

Mittlerweile wurde auch meine Lehrerin der baldigen Sendung gewahr. Sie streut einen neuen Gedanken in unser Gespräch.

C.: ... der Fund in Leipzig. Leipzig?! Eben da, wo der reife Mendelssohn Kapellmeister wird, das nunmehr blendende Orchester den Menschen eine breite musikalische Kost offeriert, er selbst durchaus mitwirkt mit Klavier und Bratsche … Leipzig: Auch da, wo der Organist Carl Ferdinand Becker lehrt, eben der Becker, dem die Stadt eine einzigartige Bibliothek verdankt, bestückt mit allerlei musikalischer Spezies, mit Handschriften und Folianten. Selbstverständlich, nicht zweifeln darfst du, wo sonst lägen die Musikalien ausser in Leipzig?

… da darf man sich schon fragen, was da sonst alles in den Regalen herumliegen mag, Notentexte, zu totem Papier verkommen, allesamt in eine gläserne Vergessenheit entfallen … Theo wird unzweifelhaft eine Ansicht vertreten …

Ein denkwürdiger Tag. Heute liess C. ihr Cello in meiner Wohnung. Es lässt mein gemietetes Utensil dickbäuchig, übergewichtig aussehen. Célines Instrument dagegen: eine überaus elegante Erscheinung. Mit seinen Kerben, all der schwarzen Verfärbung, liessen sich die Jahrzehnte stolz in seine Haut ein.

Man fragt sich. Was hat es alles erlebt, welche Etüden traktiert, berückende Melodien erprobt, wer überhaupt schaffte es in eine intime Nähe? Hat sich da nicht doch etwas Unsichtbares verfangen … in diesem stummen, bescheidenen Cello?

C.s Violoncello besorgt mir keine geringe Aufregung. Ich muss hierauf eingehen. Man benötigt vergleichsweise wenig Kraft, um es zum Klingen zu bringen, und der füllige Ton besticht, vor allem, streicht man die unteren Saiten. Eine Feststellung, die eine gewisse Irritation birgt: Spielt meine talentierte Lehrerin, kommt der Ton so ganz anders zum Tragen, als wenn ich mit den Gerätschaften hantiere ... was ist es, das meine Bogenführung beeinträchtigt?

So viele superbe Ratschläge. Längst nicht alle bleiben mir im Kopf. Zeitweilig tauchen sie auf wie U-Boote, suchen nach Sicht und Sauerstoff. Das Körpergewicht in den Bogen legen, Pausen einbringen oder meditativ üben, sicher nicht die schlechteste Empfehlung.

Céline sprach vom Bogen. Von seiner kolossalen Bedeutung. Ja, kolossal, zu diesem wuchtigen Wort griff sie. Und führte mir eine Idee zu.

Ein Bogen! Ich werde mir einen Bogen kaufen. Meinen persönlichen Bogen zum Cello.

Gibt es eine Einsamkeit? Sie bleibt milde. Der Stachel des Cellos führt mir eine erdgenährte Kraft zu. Ich meditiere, ganz nach Empfehlung, das Holz an mich gedrückt, spüre den Schall in meiner Brust. Eine Ballung verschiedenster Timbres und Texturen.

Letzte Woche denn nahm ich einen Nachmittag frei. Liess M. und J.-M. allein im Büro. Ich würde, so entschied ich, den Bogen kaufen ohne Unterstützung meiner Cello-Fee ...

Eine rechte Herausforderung für einen Laien, einen Bogen für Violoncello zu erwerben. Ich bin nervös. Was bilde ich mir eigentlich ein?

Unweit der Gare St. Lazare verbringe ich ganze zwei Stunden. Völlig abseitig vom Rummel der reisenden Scharen. Und, ich muss es notieren, kehre nicht heim mit zwei oder drei Bögen, wie mir tunlichst angeboten wird, sondern mit einem einzigen. Meinem ureigenen Bogen.

Einem Dreisterne-Bogen aus der Auvergne.

Ein bescheidenes Zimmer mit beigen Tüllgardinen, ein quadratischer Holztisch und zwei verlebte Thonetstühle, ein paar Geigenkasten an die Wand gelehnt. Eine junge Mitarbeiterin von blasser Gesichtsfarbe erklärt mir die Bögen, sieben an der Zahl liegen auf dem Tisch.

Französische Modelle, deutsche Modelle, keine professionelle Preislage, schlicht sauberes, solides Handwerk will ich. Tourte steht Meilen in der Ferne.

Mithilfe des Mirecourter Cellos (das ich keineswegs mein Eigen nennen mag) erkunde ich die Bögen Stück für Stück. Streiche laut und leise, von einer Saite zur nächsten, versuche ein Staccato, ein Spiccato. Kaum zwanzig Minuten vorbei und ich lege drei Bögen bereits weg, zu leicht sind sie, eine Winzigkeit zu flexibel, zu dünn der aufgetragene Ton.

Spüre ich all dies auch tatsächlich? Ungewissheiten, magere Schübe von Zweifel halten sich gegenseitig in Fang. Von Zeit zu Zeit schaut die junge Frau in das Zimmer. Verliert nur wenige Worte, sie hat anderes zu tun.

Irgendwann gönne ich mir eine Pause, das unerbittliche In-den-Klang-Hineinhören strengt an, und die Luft ist schwer und durchtränkt von Feuchte. Nicht das beste Wetter zum Cellobogenkaufen.

Ich sammle meine Konzentration, mit meinem ganzen quellenden brüchigen Sein, streiche und streiche, fortwährend, kräftig, nahe dem Steg, gegen das Griffbrett zu, breche in die ersten Takte einer Melodie, nehme zunehmend Nuancen im Klang wahr, eine neue Konsistenz öffnet sich meinem Ohr, eine verborgene Textur, oder scheint es mir bloss, Farbfeinheiten fliessen scheu ineinander.

Eine Welt reisst sich auf. Für einen kurzen Augenblick. Meinen Ohren eine Momentaufnahme. Sie wird schwinden.

(Könnte es sein, ein zahmes Echo, ein fahler Schatten fällt zurück?)

Zwei Bögen bleiben übrig, ein Zweisterne-Bogen, und noch ein Bogen, er prunkt mit drei Sternen.

Dem Zweisterne-Bogen wurde eine schäbige Schiene zugefügt, fällt mir dann auf, ein hässliches Entlein gestaltet, und der Klang ist weniger fest als beim teureren Modell. Ich muss mich entscheiden. Auf Biegen und Brechen.

Als ich das Geschäft verlasse, Cellokasten am Rücken, der Dreisterne-Bogen gut versorgt, ist meine Tagesenergie aufgelöst. Ich begreife: Mein Kopf liegt noch immer hoch in den Regungen der Bogenstriche, prall gefüllt von cellistischem Klang. Ich muss ihn zurückholen, hinein in den Tag.

Ich schreite die Strasse hinab. Der Schweigsamkeit zu.

Verdammt. Am Tag nach meinem Gang, es ist Samstag, und ich stehe dennoch früh auf, packe den neuen Bogen aus dem Etui. Streiche wiederum fiebrig, nehme gleichwohl den alten Bogen noch ein weiteres Mal in die Hand, lege ihn auf die Saiten, tausche Minuten später die Bögen wieder aus. Versuche mit der Intensität von gestern zu hören, schaffe es aber nicht.

Meine Aufmerksamkeit schwächelt von Anbeginn.

Dieser Samstag: Er empfängt mich mit der gewohnten klanglichen Unsicherheit, dieser unseligen Taubheit, die mich zumeist in Beschlag hält.

Ich merke dafür, mein rechter Zeigefinger rutscht manchmal auf dem noch glatten Daumenleder aus, ein eingebrachter Widerstand fehlt. Ich rufe unverzüglich im Geschäft an, fahre zur Gare St. Lazare, streiche wiederum den Zweisterne-Bogen, der Ton aber ist dünnflüssiger, nicht schlanker, denke ich jetzt, und es mischen sich Nebengeräusche dazu. Was driftet mir durch den Kopf heute.

Noch am Abend bezahle ich online die Rechnung.

... schlittert da mein aufgeregter Fantast nicht in esoterisches Geschwätz? Ungeachtet der ordentlichen Recherche. Zu viel des Aufhebens für mein Empfinden, ein schlichter Bogen ja bloss für den Gilles, Tourte hin oder her ...

Ein Albtraum gestern, in der Früh. Ein Pressluftbohrer macht sich zu schaffen, direkt vor dem Fenster, ich lag noch im Bett. Ich flüchte. Ein ganzer Tag ohne Cello.

Ich glaube, es zieht mich ins Café. Beständig die eigenen Wände anstarren, einen aufgeklappten Laptop vor dem Gesicht. Öde. Tatkräftige Menschen erblicken, das zittrige Gewimmel der Strassen vernehmen, kurzum eine neue Szenerie für mein Sinnieren auffinden: Gerade neben der putzmunteren Rue de Buci halte ich nun meine Erfahrungen fest.

Diese flatternden Gedanken. Geschützt immerhin von den Scheiben einer soliden Gaststätte.

Von eigentlichem Unterricht konnte gestern nicht die Rede sein. C. sprach ohne Unterlass, wie nur sie allein es vermag, meine cellistische Wenigkeit blieb stecken im Dickicht der frischen Belichtungen.

Was hat Arte nicht alles in Erfahrung gebracht … C. schwärmt. Die Doku mir selbst verwehrt, für den Moment. Ausgerechnet zu jener Stunde schiebt sich ein Eilauftrag aus der Rue de Rennes in meine Planung. Unser ältester Stammkunde. Ein renommiertes Schneideratelier.

C. in ihrem dezidierten Sopran: … ein Leipziger Archivar, kräftig gestikuliert er mit seinen Händen, jener trübe Freitagvormittag bliebe in seinem Gedächtnis verankert, nach einer Signatur sucht er inmitten der metallenen Fluchten von Regalen, die Situation in sich banal, und sein Blick haftet tief an einem leuchtend blauen Ordner, horizontal gelagert … darunter, kaum sichtbar, ein breites Heft, die Blätter stark vergilbt, befleckt zudem, ohne Kennzeichen, ohne Stempel … einzig Felix Mendelssohn Bartholdys handgezeichneter Name auf der Stirnseite, besieht der hellhaarige Mann, ein Titel, *Konzert für Violoncell in D-Dur* … ungläubig in einem ersten Moment, ein Fake … und trotz schwerer Skepsis: Er kontaktiert umgehend die akademische Gilde, lässt das Heft eingehend prüfen auf Authentizität, alle Protagonisten zu höchster Verschwiegenheit gehalten – so es denn sein muss! – und man veranlasst eine Transkription, dazu Stimmenmaterial …

C.: … uneinig ist man sich aber bei den Städtischen Bibliotheken, wie das Autograf über die Jahrzehnte hin sich verborgen hält … ob der begnadete Becker sie vorerst in seine Sammlung platziert, bevor sie eventuell in das Sortiment des Karl Heinrich Ludwig Pölitz gelangt, oder gar in späteren Jahren zum Fundus vom Taut … keiner weiss es so genau, aller akribischen Arbeit zum Trotz, und der Krieg, die Renovationen zeitigen diese unseligen Umzüge …

C.: … von keinerlei Plan einer Uraufführung im alten Gewandhaus weiss man, nicht ein einziger Brief zu finden, nirgendwo ein Zitat … kein Solist genannt, Wittmann nicht, nicht der Johann Andreas Grabau und nicht Joseph Merk, und obschon der längst niedergerissene Saal die *Schottische Sinfonie* – auch das Violinkonzert! – ein allererstes Mal zum Klingen brachte, bleibt die Situation nebulos, befinden einhellig die Spezialisten …

Eine Frage. Wem die wertvolle Schrift gehöre, schalte ich ein. C. jedoch sorgt sich nicht im Geringsten. Ein schönes Glück doch, es gibt sie …

C.: … der Archivar im Redeschwall vor laufender Kamera, dieser Tage das Orchester der Stadt auf Tournee zielend und reich mit Arbeit bestückt … hör mir gut zu, Gilles Bastien, ich staune, plappere einfach dahin … die Musik aber, in den engsten Biegungen will sie uns finden: Ein telefonisches Gespräch eingefädelt mit Hamburg, wo mit aller Kraft auf eine Premiere in der nächsten Saison gepocht wird … Hamburg: eine Station zwischen Leipzig und London, ausgerichtet den mächtigen Erfolgen des Komponisten hin, seiner Einbettung zu im grossstädtischen Trubel, im Glamour einer ambitionierten Philharmonie …

Auszüge der cellistischen Aufführung zwischendurch präsentiert, so berichtet mir C.: … eine Musikologin kommentiert, sachverständig … die Tonart D-Dur und die A-Saite, *zwei Lieblingsdinge der Cellisten* nach Mendelssohns eigenem Bekunden, er gesteht sie auch seinem neuen Konzert zu, den hellen Klang vom Orchester abzuheben … und die dichten Notizen des Franz Carl Wittmann, eben sie führten aus, so wurde eindeutig erkannt, wie der Komponist beim beliebten Kollegen vielgestaltigen Rat einholte …

Diese wahllosen Erzählstücke, und was sonst noch? Allerlei Geistreiches in C.s Abriss vermengt, beliebt doch uns allen eine charmante Geschichte. Ich hüte mich aber, sie zu unterbrechen.

C.: … der Zwanzigjährige, abgereist nach England mit Cellovariationen im Koffer – will dies ein Zufall sein? –, entbricht seiner geschützten Kindheit, nie wieder solch wuselnde Abenteuerlust in ihm geborgen … die Reise offensichtlich ein Grundstein dieses Cellokonzerts …

Céline hält einen Moment lang inne. Wir schweigen.

... und etliche Male noch empfängt die aufblühende Musikkapitale den bejubelten Meister, mit der Philharmonic Society ist er aufs Engste verbunden, und so bleibt das Fernsehteam auf seinen Fersen, ein handgeschriebenes Blatt aus der Royal Academy of Music eingeblendet, denn Mendelssohn wird tief dankendes Ehrenmitglied ... der Felix: Umtriebig präsentiert er Werk auf Werk, Abend auf Abend mit dem Dirigierstab, an der Klaviatur, musiziert mit Victoria und Albert, stürzt sich in eine Edition für die Handel Society ... die Spielart nicht doch verrückt?

C.: ... und abermals gemäss Arte treffen sich die Protagonisten, wirken mit an der Harley Street in F. M. B.s hochgerühmtem Oktett ... vielleicht in diesem unprätentiösen Londoner Stadthaus das Manuskript des Konzerts von einer Hand in die andere gewechselt? ... zu jener Zeit immerfort in Waggons, Eilkutschen reisend, und auch eines Oktobers die Cristiani getroffen, als die Virtuosin zum Leipziger Gastspiel antrat ... da könnte sehr wohl ein Stück für Violoncell heranreifen ...

An Theorien über irgendwelche musikalischen Verwicklungen wird es nie fehlen, meine geschätzte Lehrerin lässt sich bezirzen, und wie. Sie verliert sich in ihrem

Geplapper. Aber auch mir ist die Sache nicht einerlei, gebe ich zu. Ein Grund zu pausieren.

Nichts ist voraussagbar, meine ich. Nicht welche Werke in wuchtigen Truhen verharren, und nicht wann eine glänzende Arbeit aufleuchten wird. Im Ungefähren zu bleiben sind unsere Ideen gezwungen, in viele Richtungen zerstieben Spekulationen. Gelegentlich wenigstens wird ein totes Papier in eine attraktive Partitur überführt.

... und dennoch, Spekulationen hin oder her, auf die Silbe genau bannt Gilles Bastien C.s Suade in seine Festplatte. So viel Zeit ist sie ihm wert. Dieses verschollene Skript, was löst es nicht in uns aus ... eine entzückte Lust auf Verpasstes, einen spritzigen Überschwang?

Sie legte den Laptop neben sich hin, schloss die Augen für einen Moment. ... dieses tote Papier. Wo alles werden nicht solche fehlgeborenen Blätter stecken, zwischen den Stapeln unserer Regalien, in schweren staubigen Schubladen ... ich möchte Theo vorschlagen, eine Liste zu machen, eine Liste aller verlorengegangener Stücke für das Violoncell, einschliesslich der nie in Angriff genommenen und der abgebrochenen, der ersonnenen und der wieder vergessenen. Theo kann die Welt einfangen mit seiner schreibenden Hand. Ein unsinniges Unterfangen? Er wird kaum ablehnen, er liebt Spielereien ...

Diese Woche, eine perfekte Herbstwoche, kühl und frisch: Ich spiele eine Melodie von Schumann. Aber was heisst spielen, diese billige Alltagsvokabel. Als ob jeder spielen könnte, der sich eine Zeit lang mal ein Instrument vorknöpft. In der Idee, der Anblick eines Musiklehrers gereiche der künstlerischen Inspiration.

Unfug. Ich Depp.

Ich will mir eine Marschroute erstellen. Die Grundtechnik weiter beackern. Sieben Lagen und die Daumenposition, augenscheinlich so simpel, cellistische Dunstschwaden vor meinen Augen, und ich möchte ausloten, in welche Ecken und Einbuchtungen kann ich noch vordringen?

Meine letzte Chance, so geistert es mir manchmal durch den Kopf, aus meinem kurzen Leben noch einmal etwas auszuheben.

Das Vibrato: Noch fehlt es komplett in meinem cellistischen Rüstzeug. C. sagt, zu lernen gäbe es nichts. Ein Vibrato wird schlicht gemacht. Ein genüsslicher Gegensatz zur bisherigen Kopfarbeit, dieses Vibrato. Kein Auswendiglernen, bloss mit geballter Aufmerksamkeit die Bewegung der Hand erspüren.

Und ich wage mich an Stücke mit allen vier Lagen heran. Mit der bedächtigen Umsicht eines Autofahrschülers. Versuche, Einzelnes vom Blatt zu spielen, Spirituals, Musik von Franzosen, Saint-Saëns, Debussy. Ein nicht so kleines Stück Glück, wie weit wird es mir reichen?

... der unverwüstliche Gilles Bastien, noch immer von seinem alten Ehrgeiz durchdrungen ... die paar Seiten bis zum Jahresende will ich noch durchfliegen, dann muss sich die Fabel ein letztes Mal gedulden. Theo kann ich derweil einiges bieten ...

Die Doku gesehen. Wenn auch nur in Teilen, wer dieser Tage hat Zeit für gesamthafte Betrachtungen? Der Felix: Nicht nur die Gunst durfte er empfangen von den Göttern. In blendenden Jahren von seinen Erfolgen, der Strapaze nachhaltig niedergetrampelt. Und dieses drängende Cellokonzert: wahrhaft unselig in seiner Laufbahn. C. erzählte, sie wolle sich die Noten verschaffen. Sie will das unstrittig anspruchsvolle Werk partout einstudieren. Ihre Entzückung, ungebrochen bleibt sie doch.

Meine kühne Lehrerin. Die unverzagt nach vorne blickt.

Wir ach so kurzsichtiges Menschenvolk. Wir gewahren bloss die Welt vor unserer Nasenspitze, und sie ist denn auch alles, was zählt. Zugleich Anfang und Ende will sie uns sein, und dass einmal diese klitzekleine Messerspitze an Wirklichkeit nicht mehr sein könnte, ist für uns von lächerlicher Bedeutungslosigkeit.

Sich ein Später leidlich vorzustellen, wer von uns kriegt das schon hin. Es hütet uns eifersüchtig das Jetzt: Wir Kinder, deren Universum gerade mit dem Gleiten aus dem mütterlichen Bauch entstand.

Wird das Cello auseinanderbrechen wie die römischen Bauten? Alles zerfällt, sinkt ins Erdreich hinein, und flott wird hinweg gebaut über so viel porös scheinendes Gemäuer, in zweitausend Jahren gibt es Hörproben und Exponate.

Ein Tand werden sie sein, diese Violoncelli.

Ist es nur die übliche Schlaffheit vom Jahresende? Ich spüre, ich brauche einen frischen Impuls. Eine ungewohnte Triebkraft, etwas, das mich aus meiner gegenwärtigen spätherbstlichen Benommenheit zieht. Auch J.-M. und Mathieu scheinen ermattet, die Routine schlägt uns zu.

Verwegen, dieser Kauf. Ein Kauf jedenfalls mit Fragezeichen und schwächelnden Vorbehalten: Ich habe gestern eine Partitur der Suiten für Violoncello von Johann Sebastian Bach erworben. Diesen Inbegriff cellistischen Spiels in meine bescheidene Stube geholt.

Völlig zufällig erfolgt, ich schlendere, die Gedanken ganz und gar nicht bei Bach, dem Gehsteig der Rue de Rome entlang und erhasche hinter einer Glasfront ein prächtiges Rot.

Die Dame gibt liebenswürdig Auskunft, ich muss nicht einmal nachfragen. Eine Ausgabe der Suiten ohne Aufstriche und Abstriche, ohne Fingersatz. Eine gepflegte Urpartitur. Selbstbewusst gebe ich an, Aufnahmen mitverfolgen zu wollen. Von eigenen Ambitionen erzähle ich nichts, weshalb auch. Jetzt, in diesem düsteren Monat sich auch noch preisgeben! Lieber die vornehme Aura eines gebildeten Bürgers vorgaukeln.

Ich spreche mit Céline, und sie schlägt mir vor, mich an einem Menuett zu versuchen. Mit dem Bleistift setzt sie den Fingersatz fest, ebenso die Richtung des Bogens, ergibt sich in Anweisungen, und ich schleuse mich behutsam durch die Takte.

Zäh raufe ich mit meinem Instrument, grosszügig an Lob mit mir selbst, mit Entschlossenheit auch und nicht ohne Hoffnung. Indes, Hoffnung worauf eigentlich?

*

Das neue Jahr ist eingeläutet. Ein gemächlicher Beginn. Keine Lust auf Diffiziles im Moment. Zu verschlafen der Januar.

Den Tisch bekamen sie nur, weil jemand in letzter Sekunde abgesagt hatte. Laut war es im Lokal, es herrschte eine heimelige Gedrängtheit. Auf der Theke leuchtete es, funkelndes Rot, blasses Gelb, die Gläser saugten die Anspannung der vergangenen Woche ein. Und draussen vor dem Fensterglas entzog sich das Licht des Tages langsam dem Stein. Sie einigten sich erst auf ein paar Gillardeau Moyennes, ihr Treffen anzustimmen. Theo war präsenter als am Abend zuvor, seine Augen ihr direkt zugewandt. Auf ihre Frage hin meinte er bloss, die Besprechungen, gerade was die Übersetzungen betraf, seien über Erwarten gut gelaufen. Aber sie? Ihr Spaziergang im Marais?

Es folgte die Plauderei, die ihr im Kopf trieb seit seiner Mail: Was besorgte er alles derzeit, und sein Sohn, sehe er ihn noch seit der Trennung, oh ja, es gehe ordentlich, sie verlebten jede Woche eine gemeinsame Zeit. Theo legte seine Finger an den Glashals, lächelte vergnüglich vor sich hin.

Aber der Stick, war er im Bistro, dein Schreiber, was hast du damit getan?

Das schwarze Ding. War Theos Neugier echt, hakte er einfach aus Höflichkeit nach?

Nein, kein Schreiber mehr im Café, sie lese skrupellos weiter, eine Kurzweil. Ein schräger Typ doch …

Sicher. Über eine gesunde Portion Selbstbewusstsein indes verfüge jemand, der so eingehend, ja langatmig von eigenem Auskundschaften erzähle.

Ein Schluck Wein jetzt, Theo griff zu einer zweiten Auster.

Anaïs: Schwerlich für fremde Augen gedacht ist der Bericht. Er gibt aber doch etwas her. Die Hartnäckigkeit, mit der mein Gilles Bastien seiner Passion frönt, dieser unbeugsame Versuch, einem vertrauten Traum ein Gesicht zu geben ... und dieses wiedergefundene Cellokonzert, du hast sicher hiervon gehört. Wie kann es passieren, ein scheint's genialisches Werk schlicht in einen Spalt gestürzt, ganz aus Versehen ...

Theo: Man lernt immerzu. So selten sind solche Aufzeichnungen nicht.

Ein Kellner kam zu ihrem Tisch, zückte ein elektronisches Gerät, sie bestellten den Hauptgang. Sie wählte das foie de veau en persillade, keiner daheim ass Leber, Theo, nach einiger Unsicherheit, den Fang des Tages. Ein filet de dorade au Chablis. Wie früher. Damals schon war Fisch sein Leibgericht. Beim Eingang des Lokals hatte sich mittlerweile eine kleine Schlange gebildet. Offenbar war das Bistro im Viertel beliebt.

Anaïs: Ein Verzeichnis. Ein Verzeichnis verlorener cellistischer Werke. Werke, die nie auch einem einzigen Hörer gereicht wurden, nie in den Schall dieser Welt fanden. Und Werke, die irgendwann abbrachen oder einfach entschwanden. Was hältst du davon? Haydn,

Mozart, und nicht wenige mehr, was alles könnte sich da einfinden ...

Theo: Und was gedenkst du mit solch einem Verzeichnis zu tun? Einen musikalischen Disput entzünden? Die Musiker unserer Welt mit nagelneuem Notenfutter beschenken?

Theo: Dennoch ... vielleicht nicht so schlecht, die Idee.

Theo hörte seinem Gesprächspartner jeweils mit Gleichmut zu, eben damals inmitten dieses Grüppchens von Vogelfanatikern war es ihr aufgefallen, seine graublauen Augen jetzt fest nach unten auf die Tischplatte gerichtet. Und mit bedachten Worten tat er dann seine Meinung kund.

Theo: ... von unzähligen Kompositionen findet sich nichts mehr, du hast recht, nicht allein schon in der barocken Zeit derart geschehen, wieviel erst später verloren, solides Papier unlesbar oder ins Kleinste zerstört ... und andere Schöpfer brachen Begonnenes ab oder fanden kaum ein Gehör ...

Anaïs: Hofft schliesslich nicht jeglicher Künstler auf den Empfang seines Betreibens ...

Theo: Der Punkt liegt woanders, aber ja, du bringst mich dahin: Meinen wir nicht alle, Musik wachse, organisch und herrlich wie der Krokus, die Narzissen auf der Frühlingswiese. So wird uns erzählt. Eine Prise Sonne, ein Schuss Regen, und das Gewächs kommt, wie es muss. Was unsere Ohren erfreut, unsere Herzen bewegt, ist ausgemachte Sache. Aber nein doch, ganz und gar nicht. Anaïs, dein Gedanke besticht! Wie viel Zufälliges, Ungeplantes wirkt jeweils ein in unsere geliebte musikalische Schaffung ... jähe Begegnungen und unverhoffte Innovationen und was sonst noch hakt sich alles da fest. Glück und Pech ineinander verflochten, ein richtiges Muster letztlich keinem ersichtlich. Auch wenn nicht selten anders behauptet wird ...

Anaïs: Jetzt finden wir uns. Also doch ... eben, mit Gilles Bastien habe ich heute die Stunden verbracht, von der gemächlichen Leere des Wassers umringt, ganz eingenommen vom Wunsch, den der Gilles wagt sich zu erfüllen ... ich selber? Mich derart kaputt machen, um einer brillanten Illusion willen? Nein, das könnte ich kaum. Höchstens die ferne Grossstadt aufsuchen, mit Unrast und unablässiger Inbrunst ihre unzähligen Reize ein bisschen goutieren ... erstaunlich ist doch mein tüchtiger Cellist. Ihm gelingt es, eine Lust einzulösen ...

Theo: Wir probieren halt Dinge. Ein Traum vermag uns manchmal zu fangen, uns dem Verdruss der Routine zu entziehen.

Anaïs: ... und seine Fantasie fing ihn tatsächlich, für den Moment.

Es kam noch eine assiette aux fromages, ein sorgfältig arrangiertes Holzbrett zwischen ihre Teller gelegt. Schweigend kratzten sie mit dem Messer am Käse, bis Theo unvermittelt fragte, wann denn sie morgen reise. Eventuell sei in der Frühe noch Zeit. Eine kurze Weile sich nochmals auszutauschen ...

In der Früh! Ja, warum nicht ... eine kurze Sekunde gezögert. Die Planung war daheim besprochen gewesen. Eine spätere Zugfahrt, ein, zwei Stunden, was machte das aus ...

Theo: Wir sehen einfach. Ich melde mich.

Der Abschied unweit vom Lokal nahm dann doch den Schein der Endgültigkeit an. Er umarmte sie, fast verschämt spürte sie seinen Atem an der Wange, bevor sie sich losriss und stracks zum Hotel zurückmarschierte.

Ein letztes Mal den Stick in das MacBook einschieben. Sie legte sich eine Strickjacke um die Schulter, holte ein Glas Wasser auf den Nachttisch. Jetzt war das laufende Jahr angebrochen, die letzten aufgezeichneten Wochen im Leben des Gilles Bastien. Noch ein Dutzend Seiten laut dem Balken. Der Text liess sich in der Nacht fertiglesen.

Eine rechte Menge habe ich seit meinen Anfängen gelernt, wage ich zu behaupten. Tag für Tag, Monat für Monat, fortwährend den musikalischen Spaten ins gleiche Beet stechen, da darf man sich einbilden, ein Stück

Kunstfertigkeit erworben zu haben. Meine ich, in aller Bescheidenheit.

Ja, diese begeisternde Kunstfertigkeit. Atemberaubend und abscheulich. Wie wenig ich doch kann.

Ich beschäftige mich weiter mit meinem Bach. Mit neuem Respekt vor der Komposition, will ich gleich beifügen.

Wenigstens bis mich vor wenigen Tagen eine scheussliche Erkältung heimsuchte. Sämtliche Glieder schmerzen, das Cello rühre ich diese Woche nicht an. Céline habe ich abgesagt.

Lege mich dafür abends aufs Sofa und horche in die Einspielungen einzelner Suiten hinein ... die Tänze aus der europäischen Geschichtskarte gezogen, und jeder Spieler bringt seinen eigenen Sinn in das Werk.

Ich kann mich indes einer Konfusion nicht entziehen. Zweifel rauben mein Ohr. Mir fehlt dieses entschiedene musikalische Wachsein.

Dieser unfreundliche, durchnässte Jahresbeginn spendet mir eine Idee: Warum gönne ich mir nicht in den kommenden Monaten einen Kurztrip? Eine kleine Städtereise machen zum Beispiel, ausserhalb der Grenzen des Landes, die Sprache wechseln. Für Gilles Bastien ein passender Einfall. Wohin, wird sich erweisen ...

Oberitalien? Weiter den Stiefel hinab, Rom, Neapel? Oder einfach unkompliziert mit dem Eurostar London aufsuchen, in der Kapitale dieses aufmüpfigen Landes einige beschwingte Tage verbringen. Mein Englisch bleibt passabel. Eine südliche Destination scheint aber angebrachter für den Moment ... der Sonne zu.

Wie es so aussieht, werde ich erst im Frühjahr fahren können. Vorher gönnen sich meine Kollegen eine Verschnaufpause.

Wegfahren, wozu? Es gibt kein Wozu, ein Wozu radierte bloss die Idee aus, diese zugegeben noch konturenlose Idee, löschte ihren ungemeinen Anreiz. Plänen haftet ohnehin nicht selten die Eigenschaft an, aus einer ungeschickten Bewegung heraus sich zu zerstören, eine gewisse Vagheit hält sich da besser.

Vorgestern ein Besuch mit Sophie in der Villette. Ein Klavierabend. Eine musikalische Aufregung. Meiner Begleitung gefiel es, glaube ich, besser als mir.

... jetzt scheint eine Sophie meinen Hobbycellisten zu bezirzen ... und eine Reise, weg von der cellistischen Sturmflut ... für Céline das Aus?

Mit Triller, Pralltriller und Mordent erobere ich die Welt des Barock. Verspieltes, freudig Verziertes einzubringen wird mir zu einem unverhofften Vergnügen. Ein Stück von Benedetto Marcello, Vivaldi erlernen?

Zweifel. Cirri ungeachtet bleibt Célines Wissen in barocken Dingen eher trübe.

Die endlosen Möglichkeiten, das gespannte Metall mit einem Bogen anzugehen, diese fabelhafte, einzigartige Versatilität, was bietet dieses Sammelsurium an Namen nicht alles! Ein détaché, ein martelé und sautillé fangen das Ohr ein, und das nicht minder vollblütige ricochet tippelt nach. Diese Vokale, portato und portamento, spiccato und pizzicato, sul ponticello und sul tasto, so hell klingen sie auf, ein entzücktes Vogelgezwitscher ...

Und doch. Das zunehmende Tempo, die Sprünge, diese unablässigen Wechsel von einer Saite zur nächsten versetzen meinem Enthusiasmus einen Dämpfer. Es hört kaum auf zu quietschen.

Mein Fazit in diesen Wochen: Ich bin ein Getriebener. Cellistisch überspannt, jeglicher Unbekümmertheit mittlerweile entrückt. Diese reife Gelassenheit, mit der ich mich brüsten könnte, dieser Friede, wo steckt er in diesen Tagen?

Ich frage mich, habe ich mein Leben falsch aufgegleist. Hätte ich nicht Cellist werden sollen, anstatt mit dieser Grafik mir ein Dasein zu verfertigen? Diese selbstgefälligen Unternehmungen zu bedienen und eine Anweisung um die andere zu erdulden?

Ein echter Cellist sein, der sich Tag für Tag seriös um sein Handwerk, ein tiefgründiges Lesen der Noten bemüht, mit Gleichgesinnten musizieren und sogar kleine Reisen erleben darf, aber aufgepasst, ich komme ins Grübeln, wenigstens konnte ich mich noch in eine halbwegs kreative Beschäftigung hineinretten, und das mit zwei coolen Kumpels dazu.

Gilles Bastien als Cellist. Ein umtriebiger Musikant. Erfolgloses Künstlertum. Was hätten maman und papa gesagt, dummes Geschwätz, du ein Cellist. Scharen von Kindern willst du unterrichten, die Faust aufs Auge, diese Berufswahl.

Nicht ein Orchester der ersten Kategorie, nein, Blödsinn, völlig vermessen solche Ambitionen. Aber einem Ensemble angehören, dem die Aura der Reserviertheit anhaftet, in scheuen Landschaften womöglich, auch bescheidene Gefilde besitzen ihren Reiz: In den Hügeln des Midi, dem Atlantik oder den Savoyen zu, meine Erdichtungen pflege ich mit einer behaglichen Verzücktheit …

Ein humpelndes Cellospiel wird es denn nun. Dem freilich ebenso eine Portion Charme anhaftet, für fremde

Ohren ein unprätentiöser Liebreiz. Wenigstens mit einer Anstrengung prahlen, genau so tritt der Sonntagsmusikant auf.

... dieser Wunsch von Gilles Bastien, ein anderer zu sein. Nicht der Erste, der damit spielt. Sehnen wir uns nicht alle hie und da nach einer andersartigen Rolle? Ein feiner Genuss doch, dieses Begehren ...

Gestern: ein schlechter Tag. Erst am Abend konnte ich ein Zeitfenster (eine Luke, ein Guckloch!) für mein Instrument freilegen, nach unzähligen Diskussionen, Stunden am flimmernden Bildschirm. Mein Hirn begriff die Klänge kaum, schaffte es nicht, die richtigen Tonhöhen zu packen.

Eine ununterbrochene Vereitelung meiner Bemühungen. Müdigkeit lähmt das Tympanum. Mein Ohr ist kaputt.

Weshalb eigentlich versuche ich, auf Biegen und Brechen diese cellistische Basistechnik mir einzuverleiben? Mein schlummerndes Limit zu testen ... Freude oder bloss kalte Schikane?

Ich trotze den cellistischen Hemmketten. Wage mich an den Tenorschlüssel. Vermaledeit diese drahtigen Doppelkurven, sämtliche Köpfe auf einmal verrutscht! Doch ohne sie keinerlei höheren Klänge, kein lauschiger Diskant auf meinem Wundergerät.

Von dankbarer Hilfe müsste ich eigentlich schreiben. Boccherini soll fünf Schlüssel verwendet haben.

Und zweifle von Neuem: Bildet mein musikalischer Ehrgeiz tatsächlich eine Art von Demenzprävention, wie Blätter von Ruf es behaupten, oder verhält es sich in Wahrheit nicht umgekehrt – meine Liebhaberei führt mich in eine unspezifische, aber doch eindeutige geistige Verwirrtheit?

Nichts als eine Schinderei dieses Hin und Her zwischen den Schlüsseln. Geigenspieler kennen das Problem des Schlüsselwechselns selbstverständlich nicht. Zugegeben, sie haben zu Genüge anderen Ärger.

Manchmal braucht es einen Wechsel. Eine ungezwungene Fortsetzung einstiger Aufgaben.

Eine einfache Tonleiter ausloten, hoch und wieder hinab, dem Frosch zu, mit der ganzen Konzentration eines asiatischen Weisen. Finger für Finger, nein, Kuppe für Kuppe gebe ich mich einem Ton hin, koste aus die Schattierungen und Texturen, ich bin zum Maler geworden mit Pinsel und Palette, hantiere mit den Farben all dieser extravaganten, lebensfrohen Klänge. Ganztöne, Halbtöne reihen sich ein, Abstrich, Aufstrich, gebundene Achtel, punktierte Achtel, über drei, gar vier Oktaven hinweg. Darf es mich erstaunen, dass dies mit Vorliebe am späten Nachmittag geschieht, in der Geborgenheit des nahenden Abends?

Eine frohgemute Céline stand an diesem Donnerstag vor meiner Tür. Mendelssohn. Wieder einmal. Mir selber war in den letzten Wochen, gestopft und geschunden, wie diese derzeit davonpreschen, das hochbeschworene Cellokonzert kaum noch im Kopf.

Über einen Onlineartikel ist sie gestolpert. Ein wissenschaftlicher Essay, in englischer Sprache, C. verhehlt nicht ihren Enthusiasmus.

... wieder kommt er mit diesem Konzert, was gibt's jetzt noch zu erzählen? Da surrte es auf dem Nachttisch. Sie schrak auf. Theo, das Frühstück in wenigen Stunden schon. Aber klar. Sie textete zurück. Ein zweites Surren. Um halb elf an der Rue Croix ... auf der Rive Droite. Daumen hoch. Der spätere Zug tat es auch, sie würden ihr verzeihen ...

Sie erzählt, ein Punkt hier, ein Punkt da ...

C.: ... das internationale Urheberrecht, eine neuzeitliche Erfindung. Für Mendelssohn und seine Kollegen muss im Fall eine zeitgleiche Veröffentlichung angestrebt werden, Breitkopf & Härtel oder Friedrich Hofmeister in Leipzig, John Jeremiah Ewer & Co in London (eventuell J. B. Cramer, Addison & Beale?), in Lyon Benacci & Peschier ... eine Herausforderung für beflissene Musiker ...

Diese polyglotten, erbaulichen Texte zu den Themen, so huscht es mir derweil durch den Kopf, auf Englisch, auf Deutsch, im klingenden Italienischen, natürlich in der französischen Sprache, alles komplett im eigenen Bezirk verfangen, und oftmals vergriffen, ein allgemeiner Abriss steht aus, und wer bleibt imstande, dem Violoncello zu folgen?

C.: ... für den Editorenbericht, folgerichtig in Leipzig hergestellt, werden Experten aus aller Welt engagiert ... und ein primärer Punkt noch. Der Mälzel-Taktmesser, welcher Felix zum Geburtstag bekam. Musikliebhaber wollen in jenen Jahrzehnten unverrückbare Ziffern erhalten, dem Hausgebrauch zuliebe, und so sind dann auch zwei Sätze im Cellokonzert mit Geschwindigkeitsvorschriften versehen ...

Céline und ich, wir denken aneinander vorbei. Weshalb sollte diese Metronom-Geschichte wesentlich sein? Céline richtet sich auf eine Staffage. Dass der Mendelssohn sein Konzert ersann, hierauf kommt es an. Ohne Notenverlust wäre das Violoncello ein grobes Stück früher ins musikalische Bühnenlicht gerutscht, und dass

Felix auch in den späteren Jahren Geniestreiche uns bescherte, gerade jenes Panorama will mir bleiben …

Aber wir verkommen zu Erbsenzählern. Diese verschollenen Werke. Hätte Pau Casals, fast noch ein Kind und brillant, damals in Barcelona in einem gängigen Laden nicht die Bach'schen Tonsätze gesichtet, so wären wir dieser Musik unkundig. Und was alles sonst noch?

… mein Verzeichnis der verlorenen Werke! Reich bestückt wird es sein mit wiedergefundener Materie. So schlecht ist diese Erbsenzählerei nicht! Theo wird unzweifelhaft zustimmen …

Es schneit, unentwegt. Flocken wirbeln dicht durch den Himmel, das Gestein der Mauern verwischt. Und Lautlosigkeit nistet sich ein im Atem der kristallinen Luft. Der Weissputz bekommt dem Häusergewirr, Schnee betäubt uns hier in der Stadt. Bietet er nicht ein Schweigen, welches wir in der furchtbaren Gewöhnlichkeit des Alltags so ganz von uns weisen?

Mit Sophie gestern einen Japaner auf Montmartre besucht. Sie kochen dort direkt an der Theke. Sophies Idee. Meine Geliebte zieht mich zurück in die Welt.

Und meine Reise will mir nicht aus dem Kopf. Die Vergnügung allein, oder mit Sophie verleben? Ich werde den Entscheid baumeln lassen. Jedenfalls kommt es zu einer cellistischen Pause.

Wohin riss es mich eigentlich? Gibt es denn auch diesen Ort, nach dem ich suchte, mit meinem Bogen beharrlich erstrich, ein Ort von Sehnsucht genährt? Oder bleibt mein Violoncello bloss Schimäre, ein falschmontiertes Konstrukt? In Wahrheit ein beständiges Stolpern entgegen dem Nichts ...

... aber nein, wie kommt er darauf, mein Gilles Bastien, ein beständiges Stolpern, gewiss ... aber keineswegs einem Nichts zu. Ein Traumbild sich erschaffen, bleibt vielleicht nicht die schlechteste Richtung ...

Erneut ein unerwarteter Umschwung: C. ist schwanger. Ende Oktober käme das Kind. Ich meine, schon vor diesem Kälteeinbruch schien meine Cellolehrerin verändert: ein Hauch von Muttersein bereits in ihr Gesicht geschrieben! Trotz ihrer Flüchtigkeit blieb die Wahrnehmung in meinem Kopf haften.

Meine Lehrerin will demnächst mit Privatunterricht aufhören. Die letzten Monate ohne Babygeschrei. Auch mein eigener, liebgewonnener Alltag wird auf den Kopf gestellt. Drei oder vier Stunden höchstens, die mir verbleiben. Und dann, wie geht es weiter? Ich will meinem Cello treu bleiben. Aber wie?

Ein kühner Entscheid: Ich habe meinen Mut gepackt und schlug Sophie einen Ausflug vor. In den herrlichen letzten Tagen des Mais. Meine musikalische Sommerpause einzuläuten. Diese längst erdachte kleine Reise, die nun mit dem Schluss meiner Unterweisung von Céline zusammenfällt. Eine Erfrischung zum blassen Ende einer Verbindung, von der ich doch meine, dass sie bewegt war ...

Und dieses vortreffliche Violoncello aus der Auvergne? Es wird wiederum in C.s Hände gleiten, so hatten wir es besprochen. Die Leihgabe war stets ohne Gewähr. Sollte ich nicht ein Cello erwerben? An die zwei Jahre spiele ich jetzt, immerhin, da lässt sich solch ein ungewohnter Kauf doch vertreten ... oder gar mir ein Cello bauen lassen? Eine Extravaganz riskieren, für einmal aus dem musikalischen Vollen schöpfen?

Merkwürdig. Gestern fiel mir in aller Deutlichkeit eine Sache auf, die ich mir bisher auf keinen Fall als solide Behauptung zu formulieren getraut hätte: Meine linke Hand hört präziser als mein Ohr.

Diese stupende Kenntnis der Töne. Eine einfache Hand. Noch bin ich gänzlich in meinem Fahrwasser.

Von Frosch zu Spitze eine Bogenlänge ziehen und sich ganz in das Cello hinein lehnen. Mein Klang wird dichter, voller, ja, eine Idee samtiger.

Ich spüre, wie der Deckenrand an mein Sternum drückt, das weiche Beben vom Holz in meinen Brustkorb fliesst, meine Muskulatur. Instrument und menschlicher Körper schmelzen ineinander. Geht es nicht eben darum beim Violoncello, um dieses Verschmelzen? Innig durchwandert es unsere Einsamkeit und stellt sich mit beiden Beinen fest auf den Grund der Musik, uns aller Grund.

In einer doch weiterhin existenten cellistischen Zukunft, meine ich. Welcher keine Schwangerschaft der Welt etwas antun kann.

Das berühmte Klischee, nur wer jung ist, lerne leicht und günstig. Ein albernes Geschwätz, kein bisschen mehr.

Bringt das Alter nicht auch einigen Nutzen mit sich? Meine fünf Dekaden in dieser Welt haben ein nettes Häufchen an Erfahrung kassiert, das weiss ich. Da lernt man denn auch, seinen Ahnungen zu folgen. Sich selbst in einer tauglichen Kurve abzupassen.

London, Grossbritannien, die englische Sprache. Sophie und ich, wir sind uns einig. Unbekümmert flanieren, zwischendurch eine Kaffeepause mit scones und clotted cream, Hanover Square, die medizinisch beladene Harley Street aufsuchen. Und eventuell ein Konzert eingestreut.

Ein solistischer Abend wird es sein. Cello und Cellist sind mit sich allein auf der Bühne. Virtuell auf Wigmore Hall gestossen und sogleich Karten verbucht. Ein Muss. Wie wollte ich verzichten auf jenen altmodischen englischen Saal mit dem kostbaren rötlichen Marmor, diesen bescheidenen Raum, welcher den ersten öffentlichen Gang solch erstaunlicher Cellistinnen und Cellisten einfing ...

Das Programm, ein Mosaik grosser Cellomusik. Nicht alles sattsam bekannt: Suite Nr. 1 in G-Dur von Max Reger; Sonate für Cello solo von György Ligeti; Sonate für Violoncello solo von Bernd Alois Zimmermann. Sonate für Cello solo op. 8 von Zoltan Kodály.

Die Stimmung ganz auf Wunsch eingerichtet.

Soeben im Netz unsere Tickets besorgt. Der Zug nach London fährt nach Plan. Bin ich nicht ein Glückspilz? Kein Streik in diese Richtung.

Heute fasse ich mich kurz. Der erste reguläre Donnerstag seit langer Zeit ohne Cellounterricht, ohne Céline.

Ich sitze wieder einmal im Café, betrachte faul diese alberne Geschäftigkeit der Passanten. Morgen um die Zeit rollen wir bereits dem Ärmelkanal zu. Einer Stadt entgegen, die gute Laune zeigen wird nach dieser fürstlichen Trauung.

... und morgen ist heute. Gilles Bastien rollt mit Sophie der britischen Grossstadt entgegen, und ich lese in aller Ruhe auf einer Bank. Theo? Er wird lachen...

Bereits übermorgen erwartet uns der solistische Abend. Sophie ist nicht minder ungeduldig als ich. Aufgeregtheit drängt sich in unser geregeltes Leben.

Noch eine Notiz zur letzten Lehrstunde, dann schnurstracks ins Büro.

Ein letztes Mal meine Stücke erörtert, Bach, Saint-Saëns, unseren nunmehr über zweijährigen Dialog mit Fragen bestückt. Die abgeschrägte Stellung der linken Hand in den unteren Lagen? Die verhexten Saitenübergänge im Menuett? So unendlich viel einstudiert in dieser angespannten Zeit, ein cellistischer Treppengang, hübsch gefedert und doch rau im Belag.

Unsere gemeinsame Arbeit war indes auch für Céline, darf ich vermuten, ein Gewinn.

Ich Dummkopf, fange immer sofort an, von meinem Cello zu schwatzen. Verfing soeben eine Frau in ein Gespräch. Gerade am Tisch nebenan. Sie scheint aber schüchtern. (Schüchternheit bekommt Frauen. C. indes war nie schüchtern. Eher meine liebe Sophie.)

Meine Tischnachbarin ist hier auf Stippvisite. Wegen des Zugchaos kam sie verfrüht. Was ist Missliches daran, einen Tag länger als beabsichtigt in Paris zu weilen? Jetzt aber ist Schluss. Ich schalte ab. Ein letztes Mal ins Büro vor dem grand départ.

Fertig. Der letzte Satz dieser kuriosen Plauderei des Gilles Bastien. Und ich geh jetzt schlafen. Ich und schüchtern. Nicht einmal Theo behauptet dies.

Was aber ein einziges Violoncello nicht alles leisten kann. Einen Menschen bestrickt es. Greift beherzt ein, mit seiner frappanten Präsenz. Und dann … lässt er ihn hängen …

Theo sass bereits an einem der Aussentische als sie jenseits der Seine die Rue Croix … hochschlenderte. Keine Regenwolken in Sicht, es wehte ein lauer Wind, in ihrer Handtasche lagen Laptop und Memory Stick. Zwei Anhängsel gab es noch zu prüfen. Passend für sie zwei die Aufgabe. Und dem Besuch ein eleganter Abschluss.

Anaïs: Wollen wir uns nicht einen Kaffee beordern? In dieser quirligen Stadt ein letztes Vergnügen auskosten?

Anaïs: Das Beschauliche kam mir ebenso nah vor die Augen ... behielt mein Gilles Bastien nicht recht, hierauf zu beharren? Für nichts ist Verträumtes dienlich, rein nichts. So nüchtern erklären wir uns die Tage zumeist. Eine gediegene Logik erwarten wir doch, einen unmittelbaren Verdienst für unser Tun. Irgendwie liegt mir diese Idee verquer, muss ich gestehen ...

Theo: Eine Sehnsucht bleibt meistens Schimäre. Wer von uns besitzt schon eine Wahl?

Anaïs: Man versucht sich ein neues Leben zu schaffen. Stur, beherzt, geduldig, ungeduldig, angestrengt, liebevoll. Dieser unerhörte Wunsch, ein anderer zu sein ... schau, diese zwei, Tourte und Tarisio, und all die talentierten Trabanten, sie glänzten in ihrer Mission ...

Theo: Nun, so vieles verlangt einen Nutzen, und nicht immer hält das Kontemplative sich aufrecht. Aber auch der bieder gestaltete Alltag kann uns halten, ein ziemlich solides Gerüst in unseren zarten Stunden. Doch ja, falsch ist es nicht, gerade hier scheint es ...

Theo: Ich will nachhaken. Den Redner, von welchem du sprachst, ich fand ihn im Netz, nach einigem Stöbern. Wollen wir nicht noch für einen kurzen Moment seinen weitschweifigen Ton aufgreifen? Ein, zwei Abschnitte habe ich sichergestellt.

Anaïs: ... diese unendliche Ansammlung aus Stein, perfekte Kulisse für jegliche Hingabe, und wie verwirrend doch unser Gerede ...

Theo, streckt seinen Arm aus: Eben da, ein paar Häuser hoch, eine Strasse der luthiers, einst von Nicolas Lupot, dem Stradivari der Franzosen bewohnt, auch Chanot ganz in der Nähe, und der markante Vuillaume in seiner geschäftigen Werkstatt ...

Er packt sein Handy zwischen die Finger, den rechten Ellbogen auf den Tisch gestützt, und beginnt zu lesen, den Bildschirm nah an den Augen, die Stimme verhalten. Seine Brauen ziehen sich leicht nach oben, als suchten sie eine verborgene Klarheit zu entdecken: ... sehen Sie, Mesdames et Messieurs, die geschichtliche Kunde findet in der Regel versteckte Biegungen, sie liebt es, in verdunkelte Ecken zu schlüpfen und einsame Nischen aufzusuchen, und so ging es auch dem edlen Violoncello ... die Expertise zu Renovation wie Restauration sammelte sich in den Gassen der Stadt! Unerhörtes wurde geleistet, lange bevor Haussmann das alte Gefüge der Stadt zerriss ...

Anaïs: Belanglos. Wolltest du nicht vom Cello lesen? Alles lenkt ab.

Theo: ... ich überspringe ... Vuillaume! Über Jean-Baptiste Vuillaume lohnt es sich, ein paar Sätze zu verlieren:

... der Wal des Geigenbaus, wie der grosse Servais ihn nannte! In der Tat ein Mann von inniger Vitalität, der in Bescheidenheit lebte und doch der Familie der Violinen einen neuen Reichtum bescherte. Mit unvergleichbarem Instinkt spürte er der Rezeptur des Lacks nach, gewann für seine Instrumente Medaillen, aus Gold und aus Silber. Mit Berlioz und Paganini war der unbeirrbare Meister befreundet, arbeitete intensiv mit dem Mathematiker Savart, das Geheimnis des Bogens zu ergründen. Und mit dem Oktobass, bloss eine seiner Erfindungen, setzte er sich ein würdiges Denkmal! Achtung aber, ich bitte Sie: Dass er sich innert kürzester Zeit als brillanter Geschäftsmann etablierte, der über die Staatsgrenzen hinweg handelte, tut seiner schöpferischen Leistung in keiner Weise Abbruch!

Theo: ... und, keine Frage, nur dank Tarisio erstellte er denn ein paar Dutzend herrliche Bassgeigen. Dem Nachbau des Duport, des Servais widmete er sich, beide von Stradivari gefertigt, suchte im Gleichen unentwegt nach Authentizität ... ich überspringe nochmals ...

Theo: ... für François Xavier Tourte wurde es unmöglich, den stets steigenden Bedarf an hochwertigen Bögen eigenständig zu decken. Es begann eine Zusammenarbeit mit Vuillaume ... ja, was macht die Geschichte so häufig mit uns? Sie liebt es, uns an den Ohren zu kitzeln, wirft unsere dahingehaspelten Worte in eine Waagschale, fegt sie je nachdem weg ...

Anaïs: Aber was sagt er damit, mit diesen poetisierenden Worten? Ein kryptischer Einwurf, letztlich ein Unsinn ...

Sie umfasst mit beiden Händen die Tasse, zieht die Wärme des Kaffees ein. Geniesst sichtlich die Musse, die von leerem Nichtstun gezeichneten Minuten.

Theo: Es gibt keinerlei Antworten. Mir jedenfalls fehlen sie. Doch will ich gestehen, die Sehnsucht ist ein lustvolles Gut ...

Anaïs: Unbedingt! Ein hervorragender Schatz! Aber noch bleibt uns Zeit, diese zwei Anhängsel zu betrachten ...

Sie zieht den Laptop aus ihrer Tasche, legt ihn auf den Tisch, schiebt den Stick ein. Anaïs und Theo blicken beide stumm auf den Monitor.

Anaïs: Nicht ganz von der Hand zu weisen der Rapport des Aficionados – all diese Sprachen, kaum übertragen ...

Theo: ... ein rechtes Sammelsurium, diese Quellen. Richtig, auch ich sehe es so. Und vergriffen die Publikationen, höchstens antiquarisch erhältlich oder als seltener Reprint, das gehortete Wissen schmilzt unaufhaltsam dahin ...

Anaïs: Wir teilen die Meinung. Zwar nicht mein eigenes Fach. Mir stehen keine solchen klugen Behauptungen zu. Lass uns sehen, was dieses andere Blatt hergeben wird:

Persönliche Aufstellung herausragender Cellisten und Cellistinnen. Ihre scheinbare Beliebigkeit ergab sich aus den (oftmals mäandernden) Unterhaltungen mit Céline:

Martin Berteau: C. bezeichnet ihn als den Vater des französischen Cellospiels. Aus Valenciennes. Seinen pädagogischen Fähigkeiten verdanken wir die Kunst von Jean Pierre und Jean-Louis Duport, Joseph Tillière und Jean-Baptiste Bréval. (Darf man aber seinen Zeitgenossen Michel Corrette unerwähnt lassen?)

Julius Klengel: Aus Leipzig, gerühmter Lehrmeister. Eintausend Cellisten soll er unterrichtet haben, so lautet die Zahl in einschlägigen Aufsätzen. Die Gipfelstürmer der Kunst lernten bei ihm, Emanuel Feuermann, Gregor Piatigorski, Guilhermina Suggia ...

Zara Nelsova: Gebürtige Kanadierin. Familie lebte ärmlich in London. Unterricht bei Piatigorski, Feuermann und Casals! Überzeugte den Violoncello-unkundigen Samuel Barber zu Änderungen in seinem (fast unspielbaren) Cellokonzert. Verstarb in New York.

Ennio Bolognini: Ein Exzentriker? Jedenfalls von Casals und von Feuermann als bedeutendster Cellist seiner Zeit genannt (ja, ist das möglich?). Argentinier, wanderte aus in die USA. Zudem Pilot mit eigenem Flugzeug, Stunt Flyer, Meister im Weltergewicht (Südamerika).

Prinz Nikolai Galitsin und Graf Matwej Wielgorski: Russische Cellisten-Zwillinge, adliger Herkunft. Identische Lebensdaten: 1794–1866. Galitsin mit Beethoven befreundet, inspirierte die *G.-Quartette*. W. musizierte mit Bernhard Romberg; und F. M. B. widmete W. seine zweite Cellosonate.

Guilhermina Suggia: Portugiesische Schönheit und zeitweilige Lebenspartnerin von Pau Casals. Trat in Leipzig auf mit dem Gewandhaus Orchester unter Artur Nikisch. Die erste grosse weibliche Cellistin? In der Londoner Tate Gallery gibt es ein berühmtes Gemälde von ihr.

Daniil Shafran: Ein Russe, von dem kaum einer hier spricht. Aus Leningrad. Erfreute sich eines glänzenden Renommees in der Sowjetunion, spielte aber nur selten im Westen. In den Siebzigerjahren grosse Konzertreise in Amerika. Dmitri Kabalewski schrieb sein zweites Cellokonzert für ihn.

Pierre Fournier, André Navarra, Paul Tortelier, Maurice Gendron (in der Reihenfolge ihres Geburtsjahres): Frankreich versäumte es auch im zwanzigsten Jahrhundert nicht, eine hochwertige cellistische Kultur heranzubilden.

William Pleeth: Ebenfalls Student von Julius Klengel. Glühend engagierter Kammermusiker und einflussreicher Lehrer, vor allem der unvergesslichen Jacqueline du Pré. Gemäss C. veranlasste seine pädagogische Erfahrung ein brillantes Buch zum Cellospiel.

Bernhard Romberg: Einflussreicher Cellist und Pädagoge aus Deutschland.
Siegfried Palm: Ebenso deutscher Cellist, lebte gut anderthalb Jahrhunderte später. Unzählige Kompositionen u. a. von Krysztof Penderecki, Iannis Xenakis, Mauricio Kagel entstanden infolge seines Engagements für zeitgenössische Musik.

Eine kurze Auswahl britischer Cellistinnen im letzten Jahrhundert:

May Mukle: Trat schon als junge Cellovirtuosin auf allen Kontinenten auf.
Beatrice Harrison: berühmt für ihr gemeinsames (von der BBC aufgenommenes) Musizieren mit einer Nachtigall.
Amaryllis Fleming: Die hochtalentierte Schwester von Ian und Peter Fleming.

Franciscello und Franchomme: Eine gloriose Alliteration. Indes ist den zwei Cellisten absolut nichts gemein. Ersterer ein Neapolitaner, in späteren Jahren angestellt bei der Wiener Hofmusikkapelle, Letzterer ein Franzose aus Lille, Solocellist an der Pariser Oper und am Théâtre Italien, auch Kammermusiker (Chopin widmete ihm seine Cellosonate).

Die schmerzliche Erkenntnis von Gilles Bastien: Es gibt vollendete Cellisten, so sagte neulich C., welche bei berühmten Meistern studiert haben und die Meinung vertreten, erst jetzt verstehen sie langsam etwas vom Violoncello. Wie stehen da meine eigenen Chancen?

Theo: Null Chance. Wo denkt er hin.

Anaïs: Nicht so abschätzig, bitte ... eine chaotische Ansammlung aber. Ohne Konzept. Wahrscheinlich schob er immer wieder Namen ein, oder ein amüsantes Detail.

Theo: Vor allem geht hier einiges vergessen. Wo bleiben Maréchal und der Grützmacher? Und auch der andere russische Meister, Rostropowitsch, mischte kräftig mit bei der Entstehung gegenwärtiger Werke. Und wie. Oberflächlich der Abriss. Eine akademische Absurdität.

Anaïs: Er selbst hält die Liste für beliebig. Lustvolle Marginalien. Und siehst du, nur Namen, die tot sind. Warum notiert er keine lebenden Musiker? Wir existieren schlussendlich im Heute ... aber wenigstens einige Frauen genannt. Das ist doch etwas.

Theo: Schlaglöcher sind nicht zu vermeiden. Immerhin verrät dieser Überblick ein paar Knotenpunkte, eine Ahnung, wie cellistisches Wissen in unsere Tage sich einfand ... überleg mal, deine Idee vom Verzeichnis verlorener Kompositionen könnte da anheben, querbeet die vielgestaltigen Äcker pflügen ...

Anaïs: Also gut, mit Haydn und Mendelssohn wäre ein Anfang gesetzt. Machst du weiter?

Anaïs: Das Leben ist wie ein schlechter Roman. Zu viele der Fügungen reihen sich an. Selbst wenn ihnen eine massgebliche Bedeutung im Kern liegt. Der Verlauf bunter, dichter verschlungen, als es dir und mir erscheint. Dieses Cellokonzert, was hätte es einst alles hergeben können, nicht bloss Applaus, auch Einfluss, cellistische Schätze. Ein verworrener Hergang mit offenem Ausblick, meinst du nicht auch?

Theo: Dinge passieren. Die Bälle hätten zweifelsohne auch in einen anderen Winkel geschlagen werden können. Nicht so schlecht doch, eine kleine intellektuelle Herausforderung will man erwarten, liebe Anaïs, in unserer gutmütigen Welt. Das Weshalb wird nie ausradiert werden ...

Anaïs: Theo, du findest jeweils die richtigen Wörter. Wie aber geht es weiter?

Theo: Nirgends und überall geht es weiter. Meine ich. Nichts ist vollkommen, man bastelt an seinen Gedanken, hofft auf Beleuchtungen ...

Anaïs: Nicht einmal Gilles Bastien gelingt es, der seinen Weg geht und doch ständig schlittert ...

Theo schmunzelte bloss. Sie warf einen kurzen Blick auf ihr Handgelenk. Zeit, aufzustehen, die Rückfahrt anzutreten. Und so war es doch – die Zeit gekommen, den Stick aufzugeben. Ihn leise verschwinden zu lassen.

Ein kurzer Gang Richtung Seine? Theo nickte. Die Züge würden etwa gleichzeitig abfahren. Beide mussten sie noch ihre Koffer holen.

Eine Dole. Eine schlichte, bedürfnislose Dole nahm alles auf. Auch einen befrachteten Memory Stick. Eine nicht unelegante Art der Entsorgung.

Theo: Musik muss in jedem Fall uns alle bedienen, Listen und Abrisse hin oder her ... und der Service soll gelten für alle möglichen Interessenten. Um kein Luxusprodukt handelt es sich. Weshalb nicht einfach beliebige, deutlich sichtbare Brachen ausnutzen?

Anaïs: ... Tradition ist gefährlich. Bräuche machen uns gelegentlich steinern ...

Theo: Eben. So befinde auch ich. Und jetzt brechen wir auf, wir wollen die Zeit nicht vertrödeln.

Sie machten sich auf den Weg. Mit der rechten Hand hielt sie fest den Stick umklammert. Spontan beschlossen sie einen Schlenker über den Place du Louvre zu ziehen – da bemerkte sie auf einmal ein rechteckiges Gitter im Asphalt eingelassen, fast unsichtbar in seiner Verschmutzung. Hier war der Ort. Behutsam nahm sie die Finger auseinander. Das Teil entschlüpfte. In die égouts gefallen, unwiderruflich. Theo schaute still zu.

In gemächlichem Tempo spazierten sie durch die Arkaden, attraktiven Auslagen entlang. Als sie den Pont des Arts erreichten, hielten sie an. Der zweite Abschied. Diesmal blieb er kurz, eine flüchtige Umarmung, Theo machte sofort kehrt. Durch die vornehme Cour Carrée, hatte er gesagt, wolle er sich zurückbegeben.

Sie selbst schritt der schmalen Brücke zu, die Tasche schräg über die Brust gehängt. In einer guten Stunde fuhr ihr Zug.

ENDE

Ein Letztes

Es ist nicht notwendig hervorzuheben, dass es von Felix Mendelssohn Bartholdy kein Konzert für Violoncello gibt. Weniger bekannt aber ist der Umstand, dass der Komponist tatsächlich ein solches Konzert, mindestens in Teilen, geschrieben zu haben scheint. Insofern ist der Roman wahrhaftiger als es im ersten Moment anmuten mag.

Der Violoncellist und Musikhistoriker Edmund S. J. van der Straeten (1855–1934) berichtet in seinem Buch *The History of the Violoncello*, wie eine Begegnung in London im Juni 1844 zwischen dem Komponisten und dem damals noch blutjungen italienischen Cellisten Alfredo Piatti die Entstehung eines Cellokonzertes anscheinend ausgelöst hatte. Piatti soll mit dem Manuskript bekannt gewesen sein; laut van der Straeten beabsichtigte Mendelssohn, ihm das Werk zu widmen. Über das weitere Schicksal der verlorenen Schrift ist nichts bekannt.

Nach ihrer Begegnung 1844, bei welcher sie offenbar Mendelssohns neu entstandene Cellosonate op. 58

zusammen spielten, trafen sich Mendelssohn und Piatti noch zwei weitere Male, wiederum in London.

Van der Straetens Hinweis wurde später vom Cellisten und Musikwissenschaftler Dmitri Markevitch sowie vom Mendelssohn-Spezialisten Larry Todd aufgegriffen. Ferner ist er auf der Website der International Cello Society zu finden.

Der Fund des Manuskriptes sowie die geschilderte Premiere gingen freilich aus den Bedürfnissen eines Romans hervor. Hierbei wurde historischen Personen eine fiktive Rolle zugewiesen.

Carl Ferdinand Becker (1804–1877), Organist, Schriftsteller und Sammler von Musikalien, gehörte dem ersten Lehrerkollegium des von Mendelssohn gegründeten Leipziger Konservatoriums an. Er schuf eine Musikbibliothek, die heute in den Städtischen Bibliotheken von Leipzig integriert ist.

Franz Carl Wittmann (1814–1860) gehörte als Solocellist zum Gewandhaus Orchester. Er war zeitweilig Kammermusikpartner Felix Mendelssohns sowie Clara Schumanns.

Quellen

Zu Felix Mendelssohn Bartholdy

Martin Geck. *Felix Mendelssohn Bartholdy*. Hamburg, 2016.

Peter Gülke. *Felix Mendelssohn Bartholdy*. Kassel, 2017.

Morton Latham. *Alfredo Piatti*. London, 1901. http://lonelypeakrecords.com.

Helmut Loos u. a. (Hrsg.). *Felix Mendelssohn Bartholdy. Sämtliche Briefe*. Bände 1–12. Kassel, 2017.

Dimitri Markevitch. *Cello Story*. Van Nuys, 1984. Reprint.

Gerd Nauhaus (Hrsg.). *Robert Schumann. Tagebücher 1836–1854*. Band 2. Leipzig, 1987.

Arndt Richter. *Mendelssohn*. München, 1994.

R. Larry Todd. *Mendelssohn. A Life in Music*. Oxford, 2003.

R. Larry Todd (Hrsg.). *Mendelssohn Bartholdy. Sämtliche Werke für Violoncello und Klavier.* Kassel, 2017.

E. S. J. van der Straeten. *History of the Violoncello*. London, 1914, 1971.

https://ics.org
https://mendelssohninscotland.com
https://royalphilharmonicsociety.org.uk
https://stadtbibliothek.leipzig.de
https://saw-leipzig.de
https://tarisio.com
The Royal Academy of Music's Museum, London.
You Tube: BBC – The Birth of British Music: Mendelssohn the Prophet.

Zu Cellisten und Cellistinnen

Margaret Campbell. *The Great Cellists*. London, 2011.
Pablo Casals. *Licht und Schatten auf einem langen Weg. Erinnerungen aufgezeichnet von Albert E. Kahn.* Zürich, 1970.
Harald Eggebrecht. *Grosse Cellisten*. München, 2007.
https://sophie-drinker-institut.de

Zu Luigi Tarisio, François Xavier Tourte und verschiedenen französischen Geigenbauern

Franz Farga. *Geiger und Geigen*. Zürich, 1940.
Dimitri Markevitch. *Cello Story*. Van Nuys, 1984. Reprint.
Roger Millant. *J. B. Vuillaume. Sa Vie et son Oeuvre.* London, 1972.
Violons, Vuillaume: un maître luthier français du XIXe siècle, 1798–1875 (Katalog). Paris, 1998.

Les Trésors de la lutherie française de XIXe. Paris, 1993[?].
Ludwig Finscher (Hrsg.). *MGG. Die Musik in Geschichte und Gegenwart*. Kassel, 1994–2008. 2. Auflage.
Stefan-Peter Greiner und Jost Thöne (Hrsg.). *Ein Bildband zum 200. Geburtstag von Jean-Baptiste Vuillaume*. Bocholt, 1998.
Robin Stowell (Hrsg.). *The Cambridge Companion to the Cello*. New York, 1999, 2006.
https://bromptons.co
https://tarisio.com

Zum Cellospiel

Maurits Frank. *Scales and Arpeggios for Violoncello*. Mainz, 2008.
Winfried Pape und Wolfgang Boettcher. *Das Violoncello*. Mainz, 2005.
William Pleeth. *Cello*. Amersham, 1992.

Zu cellistischen Angelegenheiten allgemein

Wikipedia
YouTube

Danksagung

Ohne den wunderbaren Unterricht von Moritz Benjamin Kolb und Marcis Kuplais, der mich in die Welt des Violoncellos eingeführt hat, hätte dieses Buch nicht entstehen können. Beiden Cellisten bin ich äusserst dankbar für ihren Enthusiasmus und ihr grosses Engagement.

Für Aufmerksamkeit, Teilnahme, zahlreiche Anregungen und wertvolle Hinweise danke ich herzlichst Simone Berger Battegay, Christoph Dangel, Gabriel Heuberger, Johannes Keller, Daniel Rosin und Werner von Mutzenbecher.